Hanna Mira Nottorf

Anker der Erinnerung

AF284131

Bibliografische Information der Deutschen Nationalbibliothek: Die Deutsche Nationalbibliothek verzeichnet diese Publikation in der Deutschen Nationalbibliografie; detaillierte bibliografische Daten sind im Internet über dnb.dnb.de abrufbar.

© 2021 Hanna Mira Nottorf
Herstellung und Verlag: BoD – Books on Demand, Norderstedt

ISBN: 978-3-7543-3813-1

Für einen besonderen Freund.

Matteos Playlist

Vivaldi – *Sommer (Die Vier Jahreszeiten)*

Twenty One Pilots – *A Car, A Torch, A Death*

Fauve – *Nuits fauves*

Twenty One Pilots – *The Judge*

The Doors – *People Are Strange*

Desireless – *Voyage voyage*

Kajagoogoo – *Too Shy*

Fun., Janelle Monáe – *We Are Young*

Elton John – *Someone Saved My Life Tonight*

Metallica – *Nothing Else Matters*

Ed Sheeran – *New York*

Novo Amor – *Anchor*

Elton John – *Don't Go Breaking My Heart*

Prolog

Ich wusste, dass sie besonders war. Das wusste ich, als ich mich leise seufzend neben meinen Vater setzte und bereits in diesem Moment das Ende des Konzerts herbeisehnte. Das Holz unter mir war hart und das Knarzen hallte durch den großen, endlos erscheinenden Raum, als sich mein Gewicht erbarmungslos auf das alte Material drückte. Unsicher schaute ich um mich. Um zu überprüfen, ob mir jemand aufgrund dieser schrecklichen Lärmbelästigung einen vorwurfsvollen Blick zuwarf oder über meine schlechten Manieren den Kopf schüttelte. Doch meine Gedanken und die Unsicherheit bildeten sich bekannterweise mal wieder zu viel ein. Natürlich hatte niemand auf mich geachtet. Niemand würde auch nur einen einzigen Blick an mich verschwenden.

Außer sie.

Ob sie nachschauen wollte, welche Bank den kläglichen Laut von sich gab, oder ob sie nur sehen wollte, wie voll die Kirche bereits war - sie sah mich an. Vier Reihen vor mir saß sie. Das goldene Licht der Kerzen, die vorne auf dem Altar standen, brachten ihr seidiges, glattes Haar zum Glänzen. Dass es weich war, wusste ich. Fast war mir, als könnte ich es auf meiner Haut spüren. Die Vorstellung von schwarzem, weichem Haar zwischen meinen vom vielen Gitarre spielen ganz rauen Fingerkuppen jagte mir eine Gänsehaut über den Rücken. Und das in einem ganz besonders heißen Hochsommer, bei dem die rote Flüssigkeit des Thermometers abends um zwanzig Uhr immer noch an der Dreißig-Grad-Grenze kratzte.

Nur ganz kurz ließ sie ihren Blick über die versammelten und sich anregend unterhaltenden Menschen schweifen.

Und nur ganz kurz - aber es war keine Einbildung - blieb ihr Blick an mir hängen. Ihr rechter Mundwinkel zuckte leicht und ihre goldenen Perlenohrringe glänzten mit den schulterlangen Haaren um die Wette. Dann drehte sie sich wieder um und richtete den Blick erwartungsvoll zum Altar, vor dem sich in wenigen Minuten das Streichquartett platzieren sollte.

Das zweite Mal an diesem Abend sah ich mich um. Ich war mir sicher, dass man den Blick dieses Mädchens nicht hatte übersehen können. Ich war mir sicher: alle Konzertbesucher starrten wie hypnotisiert nach vorne und hofften, noch ein weiteres Mal dieses junge, hübsche Gesicht erblicken zu dürfen. Und die goldenen Ohrringe, deren königliches Strahlen sich augenblicklich in mein Gedächtnis brannte.

Alle schauten nach vorne. Gespannt. Doch niemand legte seinen Blick erwartungsvoll auf ihren dunklen Hinterkopf. Alle Menschen schienen ganz bei sich zu sein. Das war es, was meine Mutter an diesen Abenden immer so sehr liebte. Bei sich ankommen, nannte sie das, Kraft und Energie schöpfen. Doch für mich hieß es genau das Gegenteil. Mich kostete es viel Energie, mir jeden Monat mit meinen Eltern ein klassisches Konzert im berühmten Hamburger Michel anzuhören - sogar unglaublich viel Energie. Würde es Muskelkater der Gefühle geben, wür-

den mich nach diesen Abenden sicher tagelang schreck-
liche Schmerzen quälen.

Doch dieser Abend sollte anders verlaufen. Das spürte
ich in dem Moment, in dem ich mich auf die knarzende
Holzbank setzte und sie sich zu mir umdrehte.

Kapitel eins

Die Musik war schrecklich, doch das Mädchen machte das Konzert zu einem der schönsten Abende, an die ich mich seit Langem erinnern konnte. Ich war kein besonders romantischer Mensch. Das glaubte ich zumindest. Viele Möglichkeiten, diese Annahme zu prüfen und zu beweisen, hielt das Leben bisher nicht für mich bereit. Ich dachte auch nicht, dass die Szene in der Kirche, an die ich mich gerne erinnerte, kitschig war. Sie war einfach nur schön. Ich wollte sie ansehen. Dieses unbekannte Mädchen. Schöne Sachen sollte man schließlich ansehen.

Als die vier Musiker den unendlich erscheinenden Raum betraten und auf ihren Stühlen vor dem Publikum Platz nahmen, streckte sie ihren Rücken durch. Kerzengerade setzte sie sich hin, als würde sie versuchen, mit der Stirn die schnörkelhaft verzierte Decke der großen Hamburger Kirche mit der Stirn zu berühren. Ihre Hände faltete sie im Schoß. Ich konnte es nicht sehen. Doch so stellte ich es mir vor. Ob sie gläubig war, wusste ich nicht. Es war kein Gott, den sie anbetete. Es war die Musik. Das sah ich. Bereits nach wenigen Minuten sank sie förmlich in ihrer Bank zusammen und schloss die Augen. Sie drehte ihren Kopf ein wenig nach rechts in die Richtung des Streichquartetts und ich konnte ihr porzellanartiges Gesicht aus dem verlorenen Profil betrachten. Das verlorene Profil - der Kunstkurs auf erhöhtem Niveau, den ich in der Schule besuchte, hatte mir also doch etwas für das echte Leben mitgegeben. Die schönsten Vokabeln konnte ich nun auf den Anblick ihres langen Halses und ihres

Ohrs, das von dem großen, goldenen Perlenohrring geschmückt wurde, anwenden.

Wirklich verloren war ihr Profil allerdings nicht. Sie war nicht verloren. Sie war ganz bei sich. Schwankte leicht von links nach rechts, immer im Takt der Musik. Noch immer hatte sie die Augen geschlossen. Sie schien ganz bei sich zu sein. Und das erste Mal glaubte ich, zu verstehen, was meine Mutter mit diesem Satz meinte.

Dann machte sie die Augen auf und der Sommer begann. Der wahre Sommer hatte bereits vor vielen Wochen begonnen, doch nun ließen auch die Musiker des Streichquartetts Vivaldis musikalisch verarbeiteten Sommer erklingen. Und sie öffnete die Augen. Wieder saß sie kerzengerade und ich stellte mir vor, dass ihre Hände im Schoß zu schwitzen begannen, während die Musik immer bewegter und wilder wurde. Ich hasste klassische Musik. Doch dieses Stück, der dritte und aufregendste Teil Vivaldis Sommers, den ich an diesem Abend bestimmt zum zehnten Mal im Konzert hörte, hatte mich immer am wenigsten gelangweilt. Und heute fiel mir das erste Mal die gewaltige Kunst auf, die sich hinter dem Stück verbarg. Die aufsteigenden Linien der ersten Geige, die Kraft, die der Cellist in seine Bogenbewegungen legte, um alles aus dem großen Klangkörper herauszuholen. Das erste Mal lösten die hallenden Klänge in der Kirche etwas in mir aus.

Das unbekannte Mädchen löste etwas in mir aus. Es war, als würde sie mir die Augen öffnen. Ohne, dass ich jemals ein Wort mit ihr gesprochen hatte.

Das Gefühl hielt an, bis schließlich der der letzte Ton des Winters erlosch und die Kirche einen Moment erfüllt war von Stille. Von einer vor Energie zitternden Stille. Schließlich begann das Publikum zu klatschen. Ich war der Meinung, meistens war der Applaus in klassischen Konzerten recht trostlos. Die vergleichsweise wenigen Menschen, die in einer Kirche zusammenkommen konnten, wirkten für den unendlich großen Raum und die hohen Decken nicht ausreichend. Außerdem - ich war kein Freund von Vorurteilen, doch das musste man sich eingestehen - bestand das Publikum bei klassischen Konzerten überwiegend aus Menschen, die bereits im letzten Drittel ihres Lebens angekommen waren und sich nicht mehr dazu aufrafften, den Musikern laut zuzujubeln.

Doch sie stand auf. Und lächelte. Und klatschte, als wäre es eine Sportart und sie Profisportlerin. Was würde ich in diesem Moment dafür geben, einer der vier Musiker in ihren edlen, schwarzen Anzügen zu sein und von ihr bejubelt zu werden.

„Ein schönes Konzert.", sagte mein Vater zu meiner Mutter und legte ihr kurz den Arm um die Schulter. Früher war auch er kein Fan der klassischen Musik. Doch mittlerweile hatte meine Mutter es geschafft, ihre Leidenschaft auch zu seiner werden zu lassen. War es die Liebe, die ihn dazu brachte, einige Dinge mit anderen Augen zu sehen? Das hatte ich mich schon oft gefragt.

Ich war ein guter Beobachter. Lieber studierte ich die Menschen im Stillen, als sie in Gesprächen auszufragen. Wahrscheinlich war das einer der Gründe, warum ich eher…na ja, ich wollte nicht sagen, dass ich ein Einzelgänger war. Oder gar ein Außenseiter. Ich hatte gute Freunde. Einen besten Freund, Roman, der mich seit der Grundschule begleitete und auf den ich immer zählen konnte. Manchmal deprimierte es mich, wenn ich mitbekam, dass andere Leute in meinem Alter die halbe Schule zu ihren Freunden zählten. Dann erinnerte ich mich an einen bestimmten Satz, den ich mal in einem Buch gelesen hatte: *Es kommt nicht darauf an, wie viele Freunde man hat, sondern darauf, ob es echte Freunde sind.*

Ich hatte echte Freunde. Also konnte ich mich glücklich schätzen.

Was ich nicht hatte, war eine Freundin. Irgendwie war dieses ganze Thema bisher an mir vorbeigezogen wie die Autos auf der Straße, wenn ich meine typische Runde durch die Hamburger Straßen joggte. Wie beim Laufen strengte ich mich auch im Alltag an, schnell zu sein. Mit den anderen mitzuhalten. Doch irgendwie schien das Leben manchmal zu schnell für mich zu sein. Die Mädchen um mich herum waren wie die Autos, die beim Joggen an mir vorbeizogen. Einfach zu schnell, zu groß, zu viel.

Es war nicht so, dass ich die Liebe uninteressant fand und mir keine Freundin wünschte. Sogar ich, Matteo, hatte bereits die Chance gehabt, erste Erfahrungen zu sammeln. Ich war kein wirklicher Party-Gänger. Doch als Roman im letzten Jahr seinen siebzehnten Geburtstag feierte, lud er den halben Jahrgang unserer Schule ein. Roman war beliebt unter den Leuten. Er war keiner dieser abgehobenen Mitschüler, die dachten, sie wären etwas Besseres. Roman war ein angenehmer Typ, mit dem man sich gerne umgab und mit dem man spannende Gespräche führen konnte. Er wurde akzeptiert und mir fiel niemand ein, der etwas gegen ihn einzuwenden hatte. Man könnte meinen, dadurch, dass ich so viel Zeit mit ihm verbrachte, würde auch ich mehr Anschluss zu den Leuten in meinem Alter finden. Doch es war eher der Fall, dass ich neben Roman in den Hintergrund rückte. Er bestritt es. Doch in meinen Augen war es genau so. Ich war da, aber man nahm mich nicht wirklich wahr. Zumindest meistens nicht. Schon oft hatte ich gehört, ich sollte mehr aus mir herauskommen, doch das war gar nicht so leicht, wie es sich anhörte.

Auch Roman sagte den Satz zu mir. An diesem Abend. Seinem siebzehnten Geburtstag.

„Mach dich locker. Komm mal aus dir raus.", erinnerte ich mich an seine Worte. Ich versuchte, ein optimistisches Gesicht zu machen, doch bei dem Gedanken an die vielen Leute, die er eingeladen hatte, bildeten sich große Schweißflecken auf meinem T-Shirt. Als Roman meine bekannte Unsicherheit bemerkte, fügte er hinzu: „Es ist alles okay. Hab Spaß."

Ich hatte in dem Moment das Bedürfnis, ihn zu umarmen. Ein wenig Sicherheit zu spüren. Doch gleichzeitig hatte ich Angst, was die Gäste dachten, die langsam eintrudelten und um uns herum in kleinen Gruppen standen. Schon seltsam, dass es das Normalste war, wenn sich zwei Mädchen um den Hals fielen. Aber wenn ich meinen besten Freund umarmen wollte, hatte ich Angst vor fragenden Blicken. Manchmal war die Welt einfach seltsam. Nicht fair. Ich machte mir viele Gedanken über diese Welt, in der wir alle lebten. Jeder als ein winziges

Teilchen in einem riesigen Puzzle, das nie vollständig zusammengesetzt wurde.

An dem Abend, an dem wir Romans siebzehntem Geburtstag feierten, kam ich tatsächlich etwas aus mir heraus. Ich unterhielt mich mit ein paar Leuten aus der Schule und lachte viel. Als Luna sich zu der Gruppe gesellte, mit der ich mich gerade angeregt über unseren Mathelehrer unterhielt, der angeblich eine Affäre mit der neuen Referendarin hatte, machte sich die Unsicherheit wieder groß in mir. Sie entstand in meinem Bauch und nahm so viel Platz ein, dass ich das Stück Geburtstagskuchen, das ich auf einem Plastikteller in meiner Hand hielt, nicht mehr aufessen konnte. Dann kroch die bisher gegessene Teigmasse meine Speiseröhre wieder hinauf und verstopfte meinen Hals, sodass ich kaum noch ein Wort herausbekam.

Luna ging in meine Klasse und ich fand sie schon immer interessant. Ich mochte ihre strahlend blauen Augen. Doch noch viel mehr beeindruckte mich ihr Gesang. In ihrer Freizeit sang sie in Musical-Ensembles und in der Schule waren ihre Beiträge zu den Weihnachtskonzerten, die besonders die Generation der Großeltern hellauf begeisterten, immer das Highlight.

Als Luna mir mitten in der Gesprächsrunde plötzlich eine Gitarre in die Hand drückte, rutschte mir das Herz in die Hose. Sie meinte: „Du kannst doch sicher *Happy Birthday* spielen, oder?"

Sie nahm meine Hand und zog mich hinter sich her zur Musikanlage.

„Hey, alle mal herhören!", rief sie und plötzlich waren alle Blicke auf uns gerichtet, „Das ist Romans siebzehnter Geburtstag! Wir müssen singen!"

Die Party war bereits fortgeschritten - der Alkoholpegel hoch - und so grölten alle begeistert ihre Zustimmung. Luna sah mich auffordernd an und zählte bis vier. Schnell warf ich mir den Gitarrengurt um den Hals und begann, die singenden Jugendlichen mit einfachen Akkorden zu begleiten. Es kostete mich einige Mühe, mich nicht durch Lunas klare, schmelzende Stimme ablenken zu lassen.

Nachdem sich der aufbrausende Jubel und das Gratulieren nach dem Singen allmählich beruhigten, nahm Luna mir die Gitarre wieder ab und lächelte mich an.

„Danke, dass du mitgemacht hast!", sagte sie strahlend. Ich konnte mich noch ganz genau daran erinnern, wie sie mich ansah. Ihre blauen Augen brannten sich in mein Gedächtnis. Sie wollte mich küssen. Auch sie hatte an diesem Abend bereits einiges getrunken und ich wusste bis heute nicht, ob dies der einzige Grund für ihr Vorhaben war. Allerdings kam es nicht bis zum Kuss. Denn vorher drehte sich mir der Magen um und ich kotzte ihr das halbe Stück Geburtstagskuchen, einige Pommes und das damit vermischte Bier vor die Füße. Letzteres war wohl einer der Gründe für dieses Missgeschick. Oder für die Katastrophe. Kam darauf an, ob man ein dramatischer Mensch war, oder die Dinge eher gelassen sah.

Ich hatte noch nie viel Alkohol getrunken und die zwei Flaschen Bier, die ich meinem Magen an diesem Abend

zumutete, waren wohl bereits zu viel für mich als uner-
fahrenen, dauer-nüchternen Teenager.

Der zweite Grund für meine plötzliche Kotz-Attacke
war die unschöne Eigenschaft meines Körpers, sich über-
geben zu müssen, wenn ich aufgeregt war oder großen
Druck und Stress verspürte. Es kam zwar nur in Ausnahmefällen vor, doch gerade in diesen Ausnahmefällen war
es besonders peinlich.

Luna und ich gingen weiterhin respektvoll miteinander um, doch nachdem sie sich nach meinem Missgeschick angewidert umdrehte, hatte sie nie wieder versucht, mich zu küssen.

So viel zu meinen aufregenden Erfahrungen, wenn es
um die Liebe ging.

Manchmal fragte ich mich, ob meine Eltern dafür ver-
antwortlich waren, dass ich zu dem Menschen wurde,
der ich jetzt war. Natürlich war jeder für sich selbst ver-
antwortlich und irgendwann entfernte man sich von seinen Eltern und führte sein eigenes Leben. Doch niemand
konnte leugnen, dass die Erziehung eine große Rolle in
der Entwicklung eines Menschen spielte.

Meine Eltern waren älter als andere Eltern. Zwar haben sie sich schon früh kennengelernt - während ihrer
Studentenzeit - doch bevor sie mich bekamen, konzentrierten sie sich voll und ganz auf ihre Karriere. Bis ich
auf die Welt kam, hatten beide längst die Grenze zur
Vierzig überschritten. Und heute, einen Tag vor meinem
achtzehnten Geburtstag, waren sie fast in der Mitte ihrer
Sechziger angekommen. Natürlich konnte man die Menschen nicht verallgemeinern und sagen, dass das Auf-

wachsen bei älteren Eltern anders war als das bei jüngeren.

Doch es war anders. Zumindest in meinem Fall.

Immer wieder war ich erstaunt, als ich von Mitschülern oder anderen Leuten in meinem Alter hörte, dass sie mit ihren Eltern gemeinsam feiern gehen wollten, wenn sie achtzehn Jahre alt wurden. Klar, wenn man mit Anfang zwanzig ein Kind bekam und selbst noch seine besten Jahre lebte, wenn das Kind volljährig wurde, dann mochte das gehen. Doch wenn ich meine Eltern fragen würde, ob sie, um meine Volljährigkeit zu zelebrieren, mit mir in den Club gehen wollten, würden sie mir sicher den Vogel zeigen. Oder vorschlagen, lieber ein klassisches Konzert zu besuchen.

„Bleiben wir lieber bei unseren alten Gewohnheiten.", hörte ich die Stimme meiner Mutter im Kopf.

Ich liebte meine Eltern. Und trotzdem warf ich ihnen insgeheim vor, dass sie mich zu einem unsicheren jungen Erwachsenen heranzogen, der sich nur selten traute, aus seiner Komfortzone herauszutreten.

Ich hatte keine Geschwister. Einzelkind. Nachdem meine Eltern vor meiner Geburt jahrelang geackert hatten, um der Familie eine sichere Zukunft zu bescheren, blieb meine Mutter nach meiner Geburt drei Jahre lang zu Hause und kümmerte sich um mich. All die Mühe, die sie in ihren Job gesteckt hatte, steckte sie nun in meine Erziehung und den Haushalt. Und auch, als ich älter wurde und schließlich zur Schule ging, arbeitete sie nur als Teilzeitkraft, um weiterhin für mich da zu sein. Ich sollte ihr dankbar sein. Das wusste ich. Doch ich war der Meinung, ein paar Möglichkeiten, meinen jugendlichen Rebellionsdrang zu entwickeln, hätten mir nicht geschadet. Wochenenden, an denen meine Eltern gleichzeitig auf Geschäftsreise waren, zusammen ins Kino gingen oder andere Dinge als Paar unternahmen, gab es nicht. Oder zumindest nur sehr selten. Und wenn sie sich dann doch mal etwas vornahmen, wurde meine Großmutter eingeladen. Ich wurde behütet, bei jedem Geburtstag von Mitschülern mit dem Auto persönlich von meinen Eltern abgeliefert und später wieder nach Hause kutschiert. Klassenfahrten sorgten für große Aufregung im Haus und wurden nur geduldet, wenn ich meiner Mutter versprach, jeden Abend anzurufen und ihr mitzuteilen, dass ich noch am Leben war.

Alkohol war natürlich auch tabu. Mein erstes Bier hatte ich auf Romans Geburtstag getrunken. Und wie das endete, war ja bekannt.

Also: die Kombination aus dem Aufwachsen als behütetes Einzelkind, dem Aufwachsen bei überdurchschnittlich alten Eltern und der Veranlagung zu Unsicherheit sowie übermäßig vielem Grübeln konnte also dazu führen, dass aus einem Kind ein unsicherer junger Erwachsener wurde. Ein Mensch, der mit seinen knapp achtzehn Jahren noch kein Mädchen geküsst hatte. Ein junger Mensch, der es immer noch als rebellisch ansah, wenn er abends bis null Uhr fernsah und dabei den Gedanken im Hinterkopf hatte, dass er weniger als die empfohlenen acht Stunden Schlaf bekam. Was für ein Rebell!

Ich war ein junger Mensch, der sich manchmal wünschte, mutiger zu sein. Oder einfach wie alle anderen den trotzigen Teenager heraushängen lassen zu können. Doch ich hatte nie gelernt, wie das ging. Ich war ein junger Mensch, der am Abend vor seinem achtzehnten Geburtstag mit seinen Eltern in einer Kirche saß, in der die Klänge der klassischen Musik bis in alle Ewigkeit nachzuhallen schienen .

Diese Eltern erhoben sich in dem Moment, als ich an meine Fast-Volljährigkeit und meine nicht vorhandene Teenager-Rebellion dachte. Mein Vater nickte mir zu und bedeutete mir, ihnen zu folgen.

Als ich aufstand, warf ich einen Blick zu den vorderen Sitzbänken.

Das Mädchen war verschwunden.

Kapitel zwei

Als ich hinter meinen Eltern aus der Kirche trat, traf mich die immer noch kraftvoll am Himmel stehende Sonne wie ein unerwarteter Schlag. Ich brauchte einen Moment, bis sich meine Augen an das grelle Licht gewöhnten. Suchend ließ ich meinen Blick über die Menschen schweifen. Manche verabschiedeten sich voneinander, andere standen verteilt in kleinen Gruppen um mich herum und unterhielten sich. Einige ältere Ehepaare hatten sich bereits abgewandt und machten sich mit ihren hölzernen Gehstöcken langsam auf den Weg nach Hause.

Doch sie war nicht mehr da. Nirgendwo konnte ich ihre glänzenden, schwarzen Haare ausmachen. Oder ihre helle Haut, die mich an die alten, kostbaren Gemälde erinnerten, die wir im Kunstkurs stundenlang analysiert hatten, bis ich schließlich jeden Pinselstrich auswendig kannte.

Eine vertraute Melodie erweckte mich aus meiner enttäuschenden Suchaktion und ich zog mein Handy aus der hinteren Tasche meiner Jeans.

„Hast du dein Handy vor dem Konzert nicht auf stumm geschaltet?", fragte meine Mutter und sah mich an, als hätte ich gerade eine Pistole aus der Hosentasche gezogen.

„Sieht so aus, als hätte ich es vergessen…", murmelte ich und warf einen Blick auf das Display.

Roman rief an.

Während meine Mutter noch den Kopf schüttelte und meinem Vater ihre Erleichterung darüber aussprach, dass mein Handy erst nach dem Konzert klingelte, ging ich ran.

„Hallo.", sagte ich knapp und während ich mich von meinen Eltern abwandte, suchten meine Augen weiter verzweifelt nach dem unbekannten Mädchen.

„Na.", antwortete Roman, „Hast du das Konzert überlebt?"

Natürlich wusste er als mein langjähriger Freund von den regelmäßigen Konzertbesuchen, zu denen ich in gewisser Weise gezwungen wurde. Die Regel wurde nie ausgesprochen, doch würde ich mich weigern, meine Eltern zu begleiten, kam dies einem Familienverrat gleich. Für meine Mutter waren unsere Konzertbesuche wie für andere Familien das gemeinsame Abendessen. Und so fügte ich mich, um die Harmonie zu bewahren.

„Ja, schon irgendwie.", antwortete ich.

„Und jetzt? Was ist der Plan für den letzten Abend als Minderjähriger?", wollte Roman wissen. Seine Stimme wurde begleitet von Lautsprecherdurchsagen und dem unverwechselbaren Piepen sich schließender Türen. Wenn man in einer Großstadt aufwuchs, wurde man mit einer ganz besonderen Geräuschkulisse konfrontiert.

„Eigentlich gibt es keinen Plan.", antwortete ich wahrheitsgemäß, „Bist du im Zug?"

„Hundert Punkte.", bestätigte Roman, „Ich bin gleich am Hauptbahnhof. Komm her und wir gehen noch was trinken. Ich kann nicht zulassen, dass die letzte Erinnerung an dein Dasein als Minderjähriger ein Konzertbesuch mit deinen Eltern ist."

Ich seufzte. Eigentlich war ich nicht gerade in Partystimmung und wollte lieber zurück nach Hause, um mein vergangenes Lebensjahr mit ein paar Gitarrenakkorden ausklingen lassen. Doch ich kannte Roman. Und ich wusste, dass Widerstand zwecklos war.

„Na gut. Ich brauche zehn Minuten.", meinte ich.

„Perfekt. Bis gleich.", kam es aus dem Handy und schon legte er auf.

„Triffst du dich mit Roman?", wollte meine Mutter in der nächsten Sekunde wissen. Manchmal fragte ich mich, ob sie Gedanken lesen konnte oder besonders gute Ohren hatte. Oder lag das einfach in der Natur von Müttern? Dass sie irgendwie immer wussten, was ihr Kind fühlte und vorhatte?

„Ja.", sagte ich knapp und rang mir ein Lächeln ab.

„Viel Spaß.", sagte mein Vater und lächelte zurück. Er war schon immer das lockerere Elternteil gewesen.

„Danke.", antwortete ich und steckte das Handy zurück in die Hosentasche.

„Sollen wir dich am Hauptbahnhof rauslassen?", bot meine Mutter an und wieder fragte ich mich, ob sie mir unseren Treffpunkt an der Nasenspitze ablesen konnte.

„Nein, danke. Ich fahre mit der Bahn.", antwortete ich und wandte mich langsam von meinen Eltern ab, „Habt noch einen schönen Abend!"

„Hm, du auch…Bist du dir sicher? Unser Auto steht doch gleich dort vorne.", versuchte es meine Mutter erneut und ich wusste, dass sie auf meine Zustimmung hoffte. Doch ausnahmsweise tat ich ihr diesen Gefallen nicht.

„Ich kriege das schon hin.", sagte ich bestimmt und winkte meinen Eltern zu. Meine Mutter sah mich ernst an: „Okay. Komm bitte nicht zu spät nach Hause."

„Nein nein…", murmelte ich und verschwand um die nächste Ecke.

Die Anzeigetafel an der U-Bahnstation verriet mir, dass ich noch zehn Minuten auf meine Bahn warten musste. Es gab einen Unfall, weswegen es zu Verzögerungen im Bahnverkehr kam. Das war ja nichts Neues.

Seufzend ließ ich mich auf eine Bank neben dem Fahrplan fallen und beobachtete ein paar Jugendliche, die wenige Meter von mir entfernt standen und rauchten. Ein Mädchen setzte eine Wodka-Flasche an die Lippen und trank den letzten verbliebenen Rest ohne abzusetzen. Das sah nach Vorbereitungen für eine ereignisreiche Partynacht aus. Ereignisreicher als wohl bisher jede Nacht meines Lebens.

Ich kramte meine Kopfhörer aus der Hosentasche und wählte mein aktuelles Lieblingsalbum aus, um mir die Wartezeit in der stickigen U-Bahn-Station zu vertreiben. Ein Mädchen, das zur Gruppe der Teenager gehörte, lachte laut und übertönte die ersten leisen Töne von *A Car, A Torch, A Death* von Twenty One Pilots. Ich sah auf und warf ihr einen Blick zu. Sie hob eine Bierflasche und prostete mir zu. Dann brach sie wieder in schallendes Gelächter aus und drehte sich zu ihren Freunden um. Nur ganz kurz kam mir der Gedanke, ich könnte mich zu ihnen gesellen und ein Gespräch anfangen. In Filmen wirkten solche Situationen immer ganz leicht. Der Außenseiter war ein Mal mutig, hatte den Spaß seines Lebens und einen Haufen neue Freunde. Am Ende war er der von allen geliebte Held.

Doch das Leben war kein Film.

Also senkte ich den Blick wieder und starrte auf mein Handydisplay. Ich zählte die Sekunden und konzentrierte mich auf die bekannte Melodie.

Fünf Minuten.

Vier Minuten.

Drei Minuten.

Endlich hörte ich das Rauschen der sich nähernden U-Bahn. Zwei Minuten zu früh.

„Ich bin ja ein richtiger Glückspilz.", murmelte ich und schüttelte den Kopf über meine eigenen Worte. Ich wusste nicht, woran es lag, aber meine Stimmung wurde von Minute zu Minute schlechter. Ich war nur noch wenige Stunden davon entfernt, volljährig und unabhängig zu sein. Jeder normale Teenager wäre glücklich und voller Vorfreude, oder? Doch ich stand mit hängenden Schultern am Bahnsteig und betrachtete mein eigenes Spiegelbild in den vorbeirauschenden Fenstern der einfahrenden U-Bahn. Ich sah einen mittelgroßen, normal gebauten Jungen in verwaschener, kurzer Jeans und schwarzem Hemd. Blaue Augen und rötliche, kurze Haare. Wenn ich sie länger wachsen ließ, wellten sie sich leicht. Beim letzten Friseur-Besuch waren sie allerdings für meinen Geschmack viel zu kurz geraten.

Ich könnte ein ganz normaler junger Mann sein. Mit einem Haufen von Freunden. Und einem aufregenden Leben. Doch irgendwo war ich falsch abgebogen. Oder man hatte mich in die falsche Richtung gelenkt.

Jeder Mensch in meinem Alter dachte manchmal an solche Dinge. Eine kleine Teenager-Depression war keine Seltenheit, dachte ich. Besonders in den heutigen Zeiten, wo man schnell das Gefühl bekam, nicht mithalten zu können. Alles musste immer größer, schneller und besser sein.

Eigentlich war ich ganz zufrieden soweit. Es gab Dinge, die ich gerne ändern würde. Doch auch das war bei jedem so. Ich war nur unsicher. Und oft nachdenklich.

Hatten wir nicht alle manchmal dieselben Gedanken?

Langsam kam die Bahn zum Stehen und gerade, als sich die Türen öffneten, weckte etwas kleines, glänzendes meine Aufmerksamkeit. Etwa zwei Meter von mir entfernt lag ein goldener Gegenstand auf dem grauen Betonboden des Bahnsteigs. Ich wusste nicht, was es war, doch irgendwie zog mir dieser kleine, goldene Gegenstand an. Als ich mich bückte, um ihn aufzuheben, erkannte ich, dass es ein Perlenohrring war; eine hauchdünne, goldene Kette, an deren Ende eine glänzende Perle hing.

Bilder blitzten in meinem Gedächtnis auf und im ersten Moment wusste ich diese nicht einzuordnen. Doch dann erkannte ich den Ohrring und wusste ganz genau, wo ich ihn schon einmal gesehen habe. Es war heute. Vor nicht mehr als einer halben Stunde.

Sie hatte ihn getragen.

Das Mädchen.

Ich sah es vor mir, wie ein Bild, das man heimlich in seinem Portemonnaie versteckte. Das warme Licht in der

Kirche brach sich in der goldenen Perle und traf mich unerwartet mit seiner Schönheit. Sie traf mich unerwartet.
Ich sah sie vor mir. Wie schön sie war.

Ganz fest schloss ich meine Hand um den goldenen
Gegenstand, der mir plötzlich wie das wertvollste Gut
der Welt erschien. Dann sprang ich schnell in die U-
Bahn, bevor sich die Türen hinter mir schließen und sich
der metallene Raum, der mich und das wertvollste Gut
der Welt umgab, in Bewegung setzte.

Kapitel drei

Als ich aus der Bahn stieg, klingelte mein Handy zum zweiten Mal an diesem Tag. Ein Blick aufs Display sagte mir, dass es erneut Roman war. Eine der sehr wenigen Dinge, die mich manchmal an ihm nervten. Er war ein unglaublich ungeduldiger Mensch. Jede Minute, die er ungenutzt ließ, war für ihn wie ein verpasstes Abenteuer.

Ich drückte die grüne Taste und hielt das Handy an mein Ohr: „Bin in zwei Minuten da!"

An einem Samstagabend war es voll am Hamburger Hauptbahnhof und so laut, dass ich ohnehin keines von Romans Worten verstanden hätte. Ich legte auf und versuchte, mir einen Weg durch die Menschenmassen zu bahnen. Die Hände hatte ich in den Hosentaschen vergraben. Eine umfasste das Handy. Die andere umfasste den goldenen Ohrring und spielte mit der kleinen Perle.

Mal wieder verschonten mich meine Gedanken nicht.

War das wirklich ihr Ohrring? Hatte sie ihn verloren? Wie war das passiert? Wurde sie überfallen? Entführt? Lebte sie etwa gar nicht mehr? Hatte ich das einzige Beweisstück mitgenommen und nun niemand mehr die Möglichkeit, sie zu finden?

Nein.

Mal wieder übertrieb ich maßlos. Warum auch immer sie ihren Ohrring verloren hatte, sicher gab es einen harmlosen Grund dafür. Doch warum hatte ausgerechnet ich ihn gefunden? War das Schicksal? Oder sollte mich der kleine goldene Gegenstand einfach für immer daran erinnern, dass ich feige war? Wäre ich ein richtiger

Mann, hätte ich sie einfach angesprochen. Nun war es zu spät. Wie so oft im Leben. Manchmal musste man sich einfach trauen. Sonst verlor man die Chance und alles, was blieb, war ein goldener Ohrring, der mich für immer an ihre Existenz erinnerte. Irgendwo auf der Welt. Und er erinnerte mich daran, dass ich die Chance hatte. Aber sie nicht nutzte.

Versagte.

Während ich mich selbst mit diesen Gedanken quälte, erreichte ich, ohne es überhaupt zu merken, Romans und meinen gewohnten Treffpunkt. Und als ich ihn mit einer Cola und zwei großen Tüten, auf denen bereits von Weitem die dunklen Fettflecken zu sehen waren, vor dem McDonald's stehen sah, verbesserte sich meine Stimmung augenblicklich. Ich sah das Bild vor mir, wie wir als vierzehnjährige Jungs stundenlang an den langen Tischen saßen und Pommes und Burger in uns hineinstopften. So doof es auch klingen mochte, der McDonald's am Hauptbahnhof war irgendwie unser Ding. Fast jedes Wochenende hatten wir uns hier getroffen, obwohl ich zugeben musste, dass es seit ungefähr zwei Jahren seltener geworden war. Als Vierzehnjähriger erschien mir noch alles größer. Ich war in Hamburg aufgewachsen, doch plötzlich erschienen mir die Lichter heller. Die Stimmen der Menschen lauter. Und die vielen Frauen, denen man an einem Bahnhof begegnete, schöner. Letzteres war immer noch der Fall. Ich mochte die Frauen. Und das war doch in Ordnung?

Als ich Roman die Cola aus der Hand nahm, lächelte ich ihn an und war plötzlich unglaublich froh, dass er mich angerufen hatte. Ich erinnerte mich an zahlreiche Male, bei denen Roman hier auf mich wartete und bereits eine Cola oder einen Milchshake für mich besorgt hatte. Wie konnte ich meine Jugend besser beenden, als ein Ritual zu wiederholen, das ich für immer mit dieser Jugend verbinden würde?

„Danke!", sagte ich und nahm einen großen Schluck. Nach einem heißen Sommertag gab es fast nichts Besseres als ein kühles Getränk.

„Und wie war das Konzert?", erkundigte sich Roman und lachte, weil er genau wusste, wie die Antwort lauten würde.

„Kein Kommentar.", antwortete ich und verdrehte die Augen.

„Na gut.", akzeptierte er und zuckte mit den Schultern. Dann deutete er auf die zwei großen Tüten in seiner Hand, aus denen es verdächtig gut nach ungesundem Essen duftete.

„Ich habe gedacht, wir könnten uns ein bisschen an die Alster setzen und die letzten Sonnenstrahlen genießen.", meinte Roman und grinste von einem Ohr zum anderen, „Ich habe Hunger."

„Na, dann will ich dich mal nicht verhungern lassen. Ich bin bereit.", meinte ich und nahm einen weiteren erfrischenden Schluck von meiner Cola.

Während wir durch den Bahnhof in Richtung Ausgang schlenderten, wandte Roman sich an mich: „Du könntest mir übrigens für unser Festmahl danken."

„Klar, danke. Aber ich sehe das mal als vorträgliches Geburtstagsgeschenk.", erwiderte ich und lachte.

„Du bist wohl besonders mutig heute.", scherzte Roman. Und ohne es zu wissen, traf er mit diesem Satz einen wunden Punkt.

„Ich wünschte, ich wäre es…", murmelte ich und dachte dabei an sie. Ich steckte eine Hand in die Hosentasche und tastete nach dem Ohrring mit der goldenen Perle. Er war noch da. Wie die Erinnerung.

Und die Enttäuschung.

Tatsächlich hatte Roman es geschafft, mich aufzuheitern und mir einen angenehmen letzten Abend als Siebzehnjähriger zu bescheren. Wir machten es uns auf der Alsterwiese gemütlich und genossen unser fettiges Festmahl. Es war viel los bei dem guten Wetter und Roman schaffte es, bei einer Gruppe Jugendlicher, die zusammen grillten, zwei Biere zu ergattern. Immerhin musste ich nun nicht sagen, dass ich den Abend vor meinem achtzehnten Geburtstag nüchtern verbracht hatte. Zumindest nicht ganz.

Wenn ich zu dem Zeitpunkt gewusst hätte, was noch auf mich zukam…

Ich dankte Roman für seine Gelassenheit und dafür, dass er es schaffte, mich in gewöhnliche und alltägliche Gespräche zu verwickeln. Natürlich liebte ich auch unsere tiefgründigen Gespräche. Roman war mein bester Freund und ich wusste, dass er für mich immer einen guten Rat parat hatte. Doch manchmal brauchte ich genau das - diese Normalität. Denn meine Gedanken hielten mich genug auf Trab und brachten meinen Kopf zum Rauchen.

Roman und ich redeten über die Ferien und das neue Schuljahr, das in zwei Wochen begann und gleichzeitig unser letztes sein würde. Roman erzählte von seiner Schwester, die bald zum Studieren in eine andere Stadt ziehen wollte und von einem gemeinsamen Klassenkameraden, der angeblich in den Ferien in Frankreich seine Traumfrau gefunden hatte und nun plante, nach dem Abitur zu ihr zu ziehen.

Ich lauschte und schüttelte lachend den Kopf bei manchen Neuigkeiten. Tatsächlich war ich zufrieden. Ich saß neben einem guten Freund in einer tollen Stadt und schmeckte kühles Bier auf meiner Zunge. Manchmal brauchte man gar nicht mehr. In diesem Moment brauchte ich nicht mehr.

„Ich habe übrigens noch etwas für dich.", sagte Roman, als wir eine Weile schweigend die hinter Hamburgs Dächern untergehende Sonne beobachteten. Er setzte sich auf, kramte in seinem Rucksack und zog einen zusammengefalteten Zettel heraus. Ich warf ihm einen fragenden Blick zu und nahm den Zettel entgegen. Hatte er mir einen Brief geschrieben?

„Keine Angst, es ist kein kitschiger Brief, in dem ich dir sage, wie viel mir unsere Freundschaft bedeutet.", meinte Roman lachend, als hätte er meine Gedanken gelesen, „Das ist eine Liste, die mir mein Großvater letztes Jahr zu meinem siebzehnten Geburtstag geschenkt hat. Er meinte, als er in meinem Alter war, hat er sie zusammen mit einem Freund geschrieben. Sie haben sich zehn Dinge vorgenommen, die sie bis zu ihrem achtzehnten Geburtstag abhaken wollten. Naja, ich werde in zwei Monaten achtzehn und ich habe schon alles abgehakt. Ich dachte, jetzt ist es deine Aufgabe, im nächsten Lebensjahr hinter jede Spalte einen Haken zu setzen. Ich habe die Liste extra für dich umbenannt."

Ich faltete den Zettel auseinander. Oben stand in kritzeliger Schrift: *Alles, was ich machen muss, bevor ich achtzehn bin.* Roman hatte das Wort *bevor* durchgestrichen und mit einem roten Filzstift *wenn* darübergeschrieben. Darunter waren zehn Punkte aufgelistet. Auf der rechten Seite gab es zwei Spalten mit kleinen Häkchen. Eine Reihe von Roman und eine von seinem Großvater, nahm ich an. Bereits, als ich den ersten Punkt *Das erste Mal Sex* sah, runzelte ich die Stirn, faltete den Zettel schnell zusammen und steckte ihn in meine Hosentasche.

„Danke.", sagte ich schnell und klopfte Roman auf die Schulter, „Coole Idee."

„Kein Ding.", winkte er ab, „Aber wenn wir nächstes Jahr deinen neunzehnten Geburtstag feiern, will ich, dass hinter jedem der zehn Punkte drei Haken stehen. Okay?"

Ich seufzte. Anstatt an die Haken hinter den Punkten zu denken, kreuzte die Finger hinter dem Rücken. Ich wollte realistisch bleiben und keine falschen Versprechungen machen.

„Sicher."

Zumindest nahm ich mir vor, zu versuchen, die Hälfte der Punkte abzuarbeiten.

Irgendwann beschlossen wir, uns auf den Rückweg zu machen. Wenn es nach Roman gegangen wäre, hätten wir den Abend in einer Bar fortgesetzt, doch ich war dafür, dass wir uns lieber am nächsten Tag, wenn es wirklich etwas zum Feiern gab, trafen. Ehrlich gesagt brauchte ich etwas Zeit für mich. An Geburtstagen wurde ich immer sentimental. Ich wollte in meinem Bett darüber nachdenken, was die letzten Jahre passiert war. Immerhin war die Zeit als Kind jetzt endgültig vorbei. Ich wollte darüber nachdenken, was genau das für mich bedeutete. Und ich nahm mir vor, vor allem darüber nachzudenken, was ich im nächsten Lebensjahr anders machen wollte. Da gab es eine ganze Menge. Immerhin konnte ich als Erwachsener nicht mehr so ängstlich und verkniffen sein. Passend dazu konnte ich mir Gedanken machen, welche Punkte meiner Liste ich abhaken wollte und wie die dieses Vorhaben umsetzen konnte.

„Wir sehen uns morgen?", fragte Roman, bevor sich unsere Wege am Hauptbahnhof trennten.

„Klar. Ich schreibe dir.", versprach ich, „Meine Mutter hat wahrscheinlich für morgen Nachmittag wieder die gesamte Familie eingeladen…Kaffee und Kuchen, du weißt schon…aber abends komme ich da raus."

„Gut. Wenn ich dich retten soll, sag Bescheid.", meinte Roman schmunzelnd, winkte mir zu und machte sich auf den Weg zu seinem Gleis.

Einen Moment stand ich unschlüssig da und sah ihm hinterher. Dann seufzte ich, drehte mich um und ging mit schnellen Schritten in Richtung der S-Bahn-Gleise. Mittlerweile war es zwanzig Uhr und der Bahnsteig gerappelt voll. Langsam verließen die Menschen ihren schattigen Garten oder ihre durch Ventilatoren einigermaßen luftigen Wohnungen und machten sich auf den Weg in die Bars. Später würden die Clubs auf der Reeperbahn folgen. Ich selbst hatte mich einer solchen Gruppe noch nie angeschlossen, doch nach elf Jahren Schule hatte man mit der Zeit einige Geschichten gehört.

Ich drängelte mich an einem Mann vorbei, der zwei große Einkaufstüten in der Hand hielt und konzentrierte mich darauf, zu atmen. Bei den vielen, dicht gedrängten Menschen und der stickigen Luft kam mir das in dem Moment wie eine Meisterleistung vor. Es war ein Wunder, dass ich sie in dem ganzen Gedränge überhaupt sah.

Doch plötzlich stand sie da. Nur etwa zwei Meter von mir entfernt. Vor mir in der Menschenmasse. Sie hatte ihr Handy in der Hand und tippte wild darauf herum. Die schwarzen, seidigen Haare hatte sie in der Zwischenzeit mit einem roten Band zu einem unordentlichen Zopf hochgebunden, aus dem sich einige Strähnen lösten. An ihrem linken Ohrläppchen baumelte ein auffällig goldener Ohrring. Doch der zweite fehlte. Ihr rechtes Ohrläppchen war leer. Es wirkte wie eine kleine Leinwand; bespannt mit dem feinsten Leinenstoff, der nur von den besten Künstlern genutzt werden durfte. Doch die Leinwand war leer. Ich griff in meine Hosentasche, in der sich der zweite goldene Ohrring befand. Ich drehte die Perle zwischen meinen Fingerspitzen und spürte, wie ich zu schwitzen begann.

Sie war es wirklich.

Panik stieg in mir auf. Als ich in die andere Hosentasche griff, ertastete ich dort neben meinem Handy und den Kopfhörern den zusammengefalteten Zettel. Die Liste. Ich hatte einige Punkte abzuarbeiten. Zwar würde ich an diesem Abend kein Mädchen küssen, mit keinem

Mädchen schlafen und kein Date haben. Doch ein weiterer Punkt war, ein Mädchen anzusprechen. Außerdem: wie sollte ich die schwierigen Punkte jemals in meinem Leben abhaken können, wenn ich mir vor Angst fast in die Hose pinkelte, wenn ich ein Mädchen nur ansprechen sollte?

Ein Schauer lief mir den Rücken herunter und gleichzeitig spürte ich, wie sich meine Achseln in Tropfsteinhöhlen verwandelten. Doch ob ich es wollte, oder nicht - ich hatte einen Entschluss gefasst. Ich musste sie ansprechen. Das musste Schicksal sein! Es ging gar nicht anders. Wenn ich diese Chance nicht nutzte, würde mir das Leben wahrscheinlich nie verzeihen oder einfach die Hoffnung aufgeben und mich meiner Unsicherheit überlassen.

Es musste das Schicksal große Mühe gekostet haben, uns beide ein zweites Mal an diesem Abend an den gleichen Ort zu lotsen. Und dann gab es mir auch noch die perfekte Möglichkeit, sie anzusprechen - immerhin hatte ich ihren verlorenen Ohrring in meiner Hosentasche.

Es war wie im Märchen. Im wahrsten Sinne des Wortes. Statt Cinderella den gläsernen Schuh zu überbringen, brachte ich dem Mädchen mit dem seidigen Haar ihren goldenen Ohrring zurück.

Sicher hatte der Prinz in dem Märchen keine Angst.

Ich schloss die Augen. Ich atmete ein. Ich atmete aus. Ich zwang meine Beine, mich Schritt für Schritt näher zu ihr zu bringen. Ich zwang meine Hand, sich zu heben, meinen Zeigefinger, sich zu strecken. Dann nahm ich all den Mut, den ich nur irgendwie aufbringen konnte, zusammen und tippte ihr leicht auf die Schulter.

Im ersten Moment dachte ich, dass nicht einmal eine Berührung stark genug war, um andere Menschen auf mich aufmerksam zu machen. Doch dann drehte sie sich um, sah mich an und runzelte die Stirn.

Ihre Augen waren schön. Sie erstrahlten in einem Grün, das ich so noch bei keinem anderen Menschen gesehen hatte.

„Hey.", brachte ich heraus und kam mir in diesem Moment wie der mutigste Mensch der Welt vor. Des ganzen Universums. Und gleichzeitig kam ich mir wie der dümmste Mensch dieser Welt vor. Des ganzen Universums.

„Hey?", antwortete sie zögernd. Als ich nicht antwortete, legte Sie den Kopf schief und sah mich fragend an. „Kann ich dir irgendwie helfen?"

„Nein…", sagte ich leise und war mir nicht sicher, ob sie mich überhaupt gehört hatte. Also setzte ich noch einmal an: „Nein. Aber ich denke, ich kann dir helfen."

Ich wusste nicht, was falsch an diesem Satz war, doch sie verdrehte genervt die Augen und bevor ich zu einer Erklärung ansetzen konnte, donnerte sie mit lauter Stimme los: „Also, hör mir mal zu. Wenn das jetzt wieder einer dieser blöden, unsinnigen, sexistischen Anmachsprüche sein soll, dann kann ich dir eins sagen: Verpiss dich. Okay?"

Sie stemmte die Hände in ihre schlanke Taille und sah mich herausfordernd an. Hätte ich mich beleidigt fühlen sollen? Zurückgewiesen? In diesem Moment dachte ich nur: Wow.

„Ähm…nein. Tatsächlich sollte das kein Anmachspruch sein.", begann ich zu erklären und in dem Moment hörte ich das Rauschen der sich nähernden S-Bahn. Ich beschloss, mich zu beeilen. Ohne etwas zu sagen, hielt ich ihr den goldenen Ohrring vor die Nase. Nun sah sie noch verwirrter aus, fasste sich an das leere Ohrläppchen und begann langsam zu lächeln.

„Mein Ohrring!", mit strahlendem Gesicht nahm sie mir das goldene Schmuckstück aus der Hand und befestigte es mit geübten Handgriffen an ihrem Ohrläppchen.

„Ja. Dein Ohrring.", wiederholte ich. Gerne hätte ich etwas Innovativeres von mir gegeben, doch ich war wie gelähmt. Das erste Mal in meinem Leben sprach ich ein Mädchen an. Und dann war es jemand wie sie.

„Wo…wo hast du ihn gefunden?", fragte sie verwirrt und in dem Moment hielt die Bahn. Menschenmassen strömten aus dem stickigen Innenraum des Transportmittels.

„Ich…na ja am Bahngleis. Bei der U-Bahn. Nach dem Konzert.", reihte ich Sätze aneinander.

„Warte mal…du warst auch bei dem Konzert? Vivaldi?", fragte sie. Plötzlich griff sie nach meinem Arm, setzte sich in Bewegung und zog mich mit sich in die Bahn. „Sorry, die muss ich nehmen. Meine Freunde warten schon. Aber ich muss die Geschichte zu Ende hören und mich bei dir bedanken."

An der Stelle, an der ihre Finger meinen Arm berührten, stellten sich die kleinen rötlichen Härchen auf und ich bekam eine Gänsehaut. Im Hochsommer. In einer stickigen S-Bahn. Und gleichzeitig schien meine Haut zu glühen. Als wir uns in der Bahn im Gang an die Tür stellten und sie meinen Arm losließ, erkannte ich helle Abdrücke auf der Haut, die sich viel zu schnell wieder mit Blut füllten. Lieber hätte ich den Abdruck ihrer Berührung für immer auf mir getragen. Wie ein Tattoo. Nur viel schöner.

„Ja.", antwortete ich auf ihre Frage und sah sie an, „Also ja, ich war auch in dem Konzert. Und kein Problem. Also, dass du mich in den Zug gezogen hast. Ist kein großer Umweg für mich."

„Sehr gut.", meinte sie, „Und…du warst wirklich in dem Konzert? Du hättest mir doch auffallen müssen zwischen den ganzen Omas und Opas."

„Ja, eigentlich schon. Aber kein Problem, ich werde oft übersehen.", meinte ich zuckte mit den Schultern. In dem Moment, in dem ich die Worte aussprach, wurde mir bewusst, dass ich wie ein Loser dastand.

„Mit wem warst du da?", erkundigte sie sich und ging zum Glück nicht auf meine Aussage ein. Wow, sie stellte Fragen. Versuchte sie, ein Gespräch mit mir zu beginnen?

„Mit meinen Eltern…", murmelte ich. Ich hatte überlegt, mir eine Lüge auszudenken. Doch wenn ich sagte, ich wäre alleine dort gewesen, hätte ich mir einen guten Grund dafür überlegen müssen. Und mein Gehirn war eindeutig nicht imstande, sich glaubwürdige Ausreden auszudenken.

„Hm…ich glaube, ich kann mich vielleicht doch an dich erinnern. Ihr saßt ein paar Reihen hinter mir, oder?", fragte sie und eine große Erleichterung breitete sich in mir aus. Ich hatte mir unseren Blickkontakt also doch nicht eingebildet!

„Ja.", bestätigte ich.

„Cool. Ich war alleine da.", sagte sie und schloss einen Moment die Augen, „Ich verstehe nicht, wie die meisten Menschen, die nicht gerade älter als sechzig sind, keinen Sinn für diese wunderbare Musik haben können."

„Ja...sehe ich genauso...", antwortete ich und nickte, als wüsste ich genau, wie sie sich fühlte.

„Cool.", meinte sie wieder, „Dann haben wir ja etwas gemeinsam."

Ich rang mir ein Lächeln ab und versuchte die Schweißflecken zu ignorieren, die sich langsam an meinem Rücken und unter meinen Achseln bildeten. Inständig hoffte ich, dass sie nichts roch. Doch mein Schweißgeruch verlor sich in der stickigen S-Bahn-Luft, die ohnehin vom beißenden Geruchsmischungen geprägt war.

„Danke übrigens.", sagte sie und blinzelte mir zu, „Die Ohrringe bedeuten mir ziemlich viel. Ich war wirklich traurig, als ich dachte, ich hätte einen verloren."

„Kein Problem.", wehrte ich ab und lächelte zurück. Das erste Mal hatte ich das Gefühl, es war kein verkrampftes Lächeln. Sondern ein ehrliches. Ich entspannte mich ein wenig.

„Weißt du, ich bin dir was schuldig.", sagte sie und sah mich verschwörerisch an, „Du hast mir meinen Schatz zurückgebracht und ich war so blöd zu dir. Tut mir echt leid. Eigentlich bin ich eine sehr ruhige Person. Aber viele Typen sind einfach abartig. Wenn man als junge Frau im Sommer, wo man natürlich knapp bekleidet ist, durch die Stadt läuft, reichen keine zehn Finger, um unangenehme Situationen aufzuzählen!"

„Klar.", stimmte ich ihr zu und nickte wieder wissend.

Einen Moment sah sie mich an und in ihrem Kopf schien es zu rattern. Ich hielt die Luft an.

„Du bist irgendwie lustig."

Das war nicht das, was ich unbedingt hören wollte. Lustig. Das klang eher wie albern. Oder kindisch. Oder doof.

„Aber ich mag dich. Hey, ich treffe mich gleich mit ein paar Freunden im Schanzenpark. Wir wollen was trinken und einfach ein bisschen das gute Wetter genießen. Ich würde dich auf ein Bier einladen. Hast du heute Abend schon etwas vor?"

War das ein Traum? Lud sie mich gerade wirklich ein? Im Kopf sah ich die Szene vor mir, wie sie mich ihren Freunden vorstellte. Meine Mundwinkel zogen sich nach oben und ich gab mir größte Mühe, mir meine riesige Freude nicht zu sehr anmerken zu lassen.

„Ähm, ob ich schon etwas vorhabe? Nichts Wichtiges eigentlich…"

„Cool. Dann komm, wir müssen raus.", sagte sie und nickte in Richtung der Türen, die sich öffneten. Draußen sah ich das Haltestellenschild, auf dem in weißen Buchstaben *Sternschanze* stand. Hinter ihr verließ ich die Bahn und war erleichtert, als ich von frischer Luft empfangen wurde.

„Weißt du was?", fragte sie und zog mich mit sich in Richtung Ausgang, „Du bist mir auch noch etwas schul-

dig. Es interessiert mich tatsächlich sehr, woher du wusstest, dass das mein Ohrring ist."

Sie sah mich mit einem vielsagenden Blick von der Seite an und zwinkerte mir kaum merklich zu.

Sie wusste, dass ich sie mochte.

Kapitel vier

„Hey!", begrüßte uns ein Mädchen, das auf einer karierten Picknickdecke saß und gerade ein Bier öffnete. Sie trug ein weißes Sommerkleid und ihre blonden Haare hatte sie zu einem wilden Knoten auf dem Kopf zusammengesteckt. Sie war hübsch und normalerweise hätte sie mich, wie fast jedes andere Mädchen, nervös gemacht.

Doch heute war es anders.

Heute war alles anders.

„Na, da bist du ja.", erwiderte das Mädchen im weißen Kleid und drückte meiner Begleitung einen kurzen Kuss auf die Wange. Ich merkte, wie ich rot wurde bei dem Wunsch, es ihr nachzumachen. Schnell sah schnell zu Boden.

Erst jetzt bemerkte ich die beiden Typen, die neben dem Mädchen im weißen Kleid auf der Decke saßen. Sie trugen Sonnenbrillen, in denen sich das Sonnenlicht spiegelte, sodass ich ihre Augen nicht sehen konnte. Einer hatte sein T-Shirt ausgezogen und präsentierte der Welt seine trainierten Bauchmuskeln. Er lag mit hinter dem Kopf verschränkten Armen auf der Decke und genoss den abkühlenden Sommertag. Der zweite im Bunde trug ein lässiges Hemd mit blumigem Hawaii-Muster. Er hatte braune Locken und lächelte mir zu.

„Wen hast du denn da mitgebracht, Eli?", wandte er sich an sie und deutete mit dem Kopf auf mich.

Eli.

So hieß sie also. War es eine Abkürzung? Für welchen Namen sie wohl stand?

„Gute Frage, Taavi.", meinte Eli und wandte sich mir zu, „Du hast mir deinen Namen noch gar nicht verraten, Unbekannter."

Unbekannter. Irgendwie mochte ich es, wie sie dieses Wort aussprach. Es klang mysteriös. Aufregend. Wieder wurde ich rot.

„Matteo. Oder Teo.", stellte ich mich knapp vor und nickte den anderen zu. Ich bemerkte, wie mich Eli von der Seite musterte. Sie sagte nichts.

„Hey, Teo.", begrüßte mich das Mädchen im weißen Kleid, „Ich bin Miriam."

„Arthur.", meinte der Oberkörperfreie, setzte seine Brille ab und öffnete kurz die Augen, um mich zu inspizieren.

„Willst du ein Bier?", fragte Taavi und griff in eine große, hellblaue Kühlbox. Dankend nahm ich die Flasche entgegen und setzte mich neben ihn auf die karierte Decke. Eli schnappte sich ebenfalls ein kühles Bier und ließ sich uns gegenüber ins Gras fallen.

„Wer kümmert sich hier um die Musik?", wollte sie wissen und musterte ihre drei Freunde. Taavi deutete auf Miriam und verdrehte die Augen. „Bitte erlöse uns.", flehte er. Eli nahm ihr das Handy aus der Hand.

„Code?", fragte sie.

„1234.", antwortete Miriam, „Aber bitte mach etwas Gutes an."

„Dein Ernst?", fragte Eli, belustigt wegen des einfallsreichen Codes. Mit schnellen Fingern wischte sie über das schmierige Display. Das verbliebene Licht der hinter dem Horizont verschwundenen Sonne reichte immer noch aus, um die fettigen Fingerabdrücke auf dem elektronischen Gerät sichtbar zu machen. Handys waren schon eklige, bakterienschleudernde Dinger.

„Bei mir gibt es nur gute Musik.", meinte Eli und sah vielversprechend in die Runde. Im nächsten Moment erklangen aus einer kleinen Musikbox, die neben ihr im Gras lag, ruhige Töne, bis sich eine Stimme dazugesellte.

„Kannst du Französisch?", fragte Eli. Sie umschlang ihre Beine mit den Armen und legte ihren Kopf auf den Knien ab. Ihre Augen fixierten mich und ihr rechter Mundwinkel zuckte leicht. Wie vorhin im Konzert, als sie sich zu mir umdrehte.

„Nein.", antwortete ich knapp und trank einen Schluck erfrischend kühles Bier.

„Ich schon.", meinte Eli, lächelte und sprach nach einigen Takten weiter, „Magst du das Lied?"

Ich überlegte. Welche Antwort erwartete sie? Es war ein entspannendes Lied. Rap. Aber kein aggressiver Rap. Ein Lied, das zu einem Sommerabend im Park passte.

„Ja, ich denke schon.", antwortete ich.

„Es heißt *Nuits fauves*. Wenn man es übersetzt, bedeutet das *Wilde Nächte*. Eigentlich geht es nur um Sex."

„Ah.", machte ich und kippte mein Bier in einem Schluck herunter. Doch keine hundert Liter Eiswasser hätten in diesem Moment die Hitze besiegen können, die in meinem Körper aufstieg.

„Hat eigentlich irgendjemand an Grillzeug gedacht?", fragte Miriam. Eine Weile hatten wir schweigend der Musik gelauscht und hingen unseren eigenen Gedanken nach. Woran ich dachte, war nicht schwer zu erraten. Hin und wieder warf ich Eli unauffällig einen Blick zu. Wie sie dort im Gras saß. Mit den schwarzen, leicht abgewetzten Converse-Schuhen. Mit ihrer roten Sommerbluse. Im Takt der Musik wiegte sie sich leicht hin und her und wenn ihr Oberkörper sich nach vorne beugte, fiel der weiche Stoff etwas auseinander. Es waren nur wenige Zentimeter. Es war das Tor zu einem anderen Universum, in das ich gerne eintauchen würde. Als mir bewusstwurde, wie verstohlen ich auf Elis Brüste starrte, wandte ich beschämt den Blick ab und trank einen großen Schluck Bier. Mittlerweile hielt ich die dritte Flasche in der Hand und langsam spürte ich ein kribbelndes Gefühl in mir aufsteigen. Und ein leichtes Dröhnen, das sich in meinem Kopf ausbreitete. Trotzdem war es ein angenehmes Gefühl.

Wenn Eli sich die schwarzen Haare aus dem Gesicht hinters Ohr strich, hielt ich den Atem an. Wie gerne würde ich über dieses glänzende Haar streichen. Oder die kleinen Gänseblümchen hinein flechten, die um uns herum auf dem Hügel des Schanzenparks wuchsen. Es würde einen hübschen Schwarz-Weiß-Kontrast bilden. Mit einem Fleckchen Gelb in der Mitte. Eli war ein Kunstwerk. Auch ohne Gänseblümchen. Auch ohne das goldene Ohrringpaar, das nur wegen mir noch vollständig war und ihre weichen Ohrläppchen schmückte. Sie wäre auch ein Kunstwerk ganz ohne die abgewetzten Schuhe, die rote Bluse und die schwarze, kurze Hose.

Besonders dann wäre sie ein Kunstwerk.

Das tiefe Magengrummeln, das aus Miriams Richtung kam, riss mich aus meiner wirren Gedankenwelt.

„Wir wollten doch grillen, oder?", fragte sie weiter.

„Ich habe Würstchen und Gemüsespieße gekauft. Aber die wichtigere Frage ist: Hat jemand an einen Grill gedacht?", wandte sich Taavi mit hochgezogenen Augenbrauen an die Gruppe.

„Nope.", antwortete Arthur. Als ich sah, dass er mit seinen Brustmuskeln spielte, wusste ich nicht, ob ich belustigt oder beschämt sein sollte. Auf so etwas standen Mädchen? Ich sah Eli an. Doch sie beachtete Arthurs Spielereien nicht. Ihr Blick lag auf zwei jungen Frauen, die nicht weit von uns entfernt gerade ihren Müll zusammensammelten und eine Decke auf dem Gepäckträger eines ihrer Fahrräder befestigten.

„Sieht so aus, als hätten die auch gegrillt. Scheint ein Einweggrill gewesen zu sein.", stellte Eli fest und deutete auf einen kleinen Grill, der im Gras lag, „Wenn das coole Menschen sind, überlassen die beiden ihn uns."

„So wie die aussehen, sind das coole Menschen.", meinte Arthur und warf den beiden jungen Frauen in kurzen, sommerlichen Klamotten einen interessierten Blick zu. Das erste Mal, seit ich ihn kannte, bewegte er mehr als seinen Kopf. Ohne zu zögern - und ohne sich etwas anzuziehen - stolzierte er zu den beiden hinüber. Interessiert verfolgten Eli, Miriam, Taavi und ich die Szene aus der Ferne. Nachdem die drei einige Worte miteinander gewechselt hatten, hob eine der beiden Frauen den Grill auf und reichte ihn Arthur. Das breite Grinsen auf ihrem Gesicht war dabei nicht zu übersehen. Die andere reichte ihm eine halbvolle Tüte Kohle und schon war er wieder auf dem Weg zu seinem eigenen Lager. Mir entgingen die Blicke nicht, die die beiden Freundinnen Arthur hinterherwarfen. Offensichtlich standen weibliche Wesen doch auf diese Muskelspiele. Vielleicht sollte ich ins Fitnessstudio gehen. Aber vielleicht auch nicht. Immerhin sollte mich ein Mädchen, das ich mochte, nicht anhand meinen Brustmuskeln beurteilen. Natürlich mochte ich Brüste. Doch auch ich mochte Eli nicht aufgrund ihrer Oberweite.

Als Arthur den kleinen Grill und die Kohletüte neben Eli im Gras abstellte und sich wieder auf die Picknickdecke fallen ließ, klatschte Miriam in die Hände und strahlte über das ganze Gesicht. Ich nickte ihm unauffällig anerkennend zu. Obwohl ich von Anfang an nicht an Arthurs Fähigkeiten gezweifelt hatte.

„Mit der zusätzlichen Kohle sollte man den Einweggrill problemlos in einen Zweiweggrill verwandeln können.", erklärte Arthur und öffnete die Kohletüte.

Langsam verstand ich die Hierarchie dieser Gruppe. Ich hielt nie viel von Hierarchien. Vielleicht lag es daran, dass ich immer ziemlich weit unten platziert war. Oder zumindest das Gefühl hatte, dass es so war. Viele Gruppen stritten ab, dass sie auf einer Rangfolge basierten oder ihren Mitgliedern bestimmte Rollen zuordneten. Doch, wenn man eine Gruppe eine Weile lang beobachtete, fiel auf, dass sich Hierarchien in gewisser Weise nicht verhindern ließen. Das Ganze erinnerte mich an ein Projekt im Biologie-Unterricht. Vor ein paar Jahren machten wir mit unserem Kurs einen Ausflug in den Zoo und sollten das Zusammenleben verschiedener Tierarten analysieren und miteinander vergleichen. Im Grunde beruhte das Leben fast jeder Tierart auf Hierarchien und Aufgabenverteilungen. Warum also nicht auch das des Menschen? Immerhin waren wir im Grunde auch nur Tiere. Tiere mit einem deutlich komplizierteren Leben. Und vielen Gedanken. Und seltsamen Gedankenwelten.

In dem Moment war ich ziemlich stolz auf meine Analyse, die lediglich auf einer Beobachtungszeit von etwa einer Stunde basierte, die ich bisher mit Eli und ihren Freunden verbracht hatte.

Miriam war die Hilflose.

Taavi war die gute Seele.

Arthur war der Anführer. Oder zumindest dachte er das.

In Wirklichkeit war Eli die Anführerin. Sie war schlau. Sie hielt die Gruppe zusammen. Jeder wusste, dass sie das Bindeglied war.

Ich fragte mich, wie lange es bei den anderen gedauert hatte, bis sie dieses Mädchen in ihr Herz geschlossen hatten.

Bei mir passierte es nach einer Stunde.

Spätestens.

Arthur war mir aus der Gruppe eindeutig am wenigsten sympathisch. Trotzdem war ich froh, dass er sich um den Zweiweggrill kümmerte. Nach einer Dreiviertelstunde hatten wir es endlich irgendwie geschafft, mit drei fast leeren Feuerzeugen und einer zerrissenen Zeitschrift, die Miriam zum Geschehen beitrug, die Kohle zu entzünden und Taavis Mitbringsel zuzubereiten. Zwar mussten unsere Finger leiden und ich war mir sicher, nicht ohne

Brandblasen am Zeige- und Mittelfinger davonzukommen - denn niemand hatte Besteck oder eine Zange zum Wenden dabei - doch wir alle waren glücklich, unsere Mägen füllen zu können. Mein Magen dankte es mir besonders. Nach vier Flaschen Bier fühlte ich mich wirklich angetrunken. Das nicht besonders nahrhafte Menü von McDonald's, das ich mir mit Roman geteilt hatte, hielt nicht lange an und als ich die zweite Wurst hinunterschlang, hatte ich das Gefühl, dass das Fleisch in meinem Magen den Alkohol auf wundersame Weise aufsaugte wie ein riesiger Schwamm.

Die anderen schienen geübter zu sein, wenn es um Alkohol ging. Vielleicht waren sie allgemein geübter als ich, wenn es um das Leben ging. Um das Jungsein.

Sie hatten mittlerweile eine Wodka-Flasche aus der Kühlbox gezaubert und mischten sie in Plastikbechern mit Softdrinks.

„Willst du auch?", fragte Arthur und hielt mir die Flasche, von der ein beißender Geruch ausging, unter die Nase. Ich schluckte das Endstück meiner Wurst hinunter und schüttelte dankend den Kopf. „Ich mache mal kurz eine Pause."

„Na gut.", Arthur zuckte mit den Schultern und füllte seinen eigenen Becher zur Hälfte mit der durchsichtigen Flüssigkeit, „Hast du uns einen Nicht-Alkoholiker mitgebacht, Eli?"

Sie warf ihm einen warnenden Blick zu.

„Sei kein Arsch, Arthur.", meinte sie und warf mir einen entschuldigenden Blick zu.

„Komisch, eigentlich mögen es die Frauen, wenn ich ein Arsch bin.", entgegnete er und setzte seinen Becher an die Lippen.

„Tja, es steht eben nicht jede Frau auf leere Muskelpakete.", feuerte Eli zurück.

Zwei weitere Punkte auf meiner Analyse-Liste:

Arthur stand auf Eli.

Eli stand nicht auf Arthur.

Diese Erkenntnis gefiel mir.

Arthur legte sich wieder hin und starrte in den Himmel. Ich fragte mich, ob ihn diese Entgegnung wirklich gekränkt hatte. Eli drehte sich zu mir, bildete mit der Hand eine Pistole, setzte sie sich an den Kopf und verdrehte die Augen, als sie den imaginären Abzug drückte. Ich leichte leise und auch Miriam kicherte unauffällig. Mit ihrem rechten abgewetzten Schuh stupste Eli Arthur in die durchtrainierte Wade. Als er kurz aufblickte, lächelte sie ihm entschuldigend zu.

„Das werde ich dir nie vergessen.", meinte Arthur. Doch auch er lächelte dabei.

Kapitel fünf

„Teo, erzähle mal was über dich.", verlangte Taavi und sah mich auffordernd an, „Kommst du auch aus Hamburg? Ich habe dich noch nie gesehen."

„Na ja, Hamburg ist groß.", stellte ich fest, „Aber ja, ich komme von hier. Ich wohne in Harvestehude."

„Ah, also nicht weit weg von uns. Ich komme aus Eppendorf.", meinte Taavi und deutete auf Miriam und Arthur, „Die beiden verwöhnten Kiddies wohnen in Winterhude. Heftige Häuser haben die. Wenn man in der Gegend ist, fällt einem schnell auf, dass man sich dort als Normalverdiener nichts leisten kann."

„Ach, sag doch nichts, Taavi!", erwiderte Miriam und strich ihr weißes Sommerkleid glatt. Mir entging nicht, wie ihr eine leichte Röte in die Wangen stieg.

Ein weiterer Punkt konnte zu meiner Analyse-Liste hinzugefügt werden: Sie neckten sich gerne gegenseitig. Die perfekte Grundlage für eine gute Freundschaft.

„Man kann das nicht so verallgemeinern, oder?", warf ich in die Runde und war froh, als ich merkte, dass es mir mittlerweile etwas leichter fiel, an den Gesprächen der Gruppe teilzunehmen. Wahrscheinlich trug der Alkohol einen großen Teil dazu bei. Trotzdem fühlte ich mich, als hätte ich an diesem Abend bereits eine riesige Entwicklung durchgemacht.

„Das ist richtig.", stimmte Taavi mir zu und klopfte mir auf die Schulter, „Immerhin sind wir doch alle Hamburger."

„Stimmt schon.", meinte Miriam und von Arthur kam ein zustimmendes Brummen, „Nur Eli fällt durch das Raster."

Was meinte sie damit? Fragend sah ich in die Runde. Doch bevor mir jemand die Hintergründe des Kommentars erklären konnte, wurde unser Gespräch von einem Quietschen unterbrochen, das sich nur schwer als die Stimme eines Mädchens identifizieren ließ.

„Eliiisa!", rief ein Mädchen mit einem roten Berg voller Haare auf dem Kopf und einem bunt geringelten, bauchfreien T-Shirt. Es galoppierte die letzten Meter über die Wiese des Schanzenparks bis zu uns und fiel Eli von hinten um den Hals. Ihr richtiger Name war anscheinend Elisa. Er lief mir wie ein angenehmer Schauer den Rücken hinunter.

Bevor Eli sich umdrehen konnte, hielt ihr das rothaarige Mädchen die Augen zu und fragte: „Na, wer ist hier?"

„Wer wohl?", Eli strahlte über das ganze Gesicht, schüttelte sich frei, stand auf und drückte das Mädchen fest an sich, „Lotte!"

„Immer wieder schön diese Begrüßungen.", murmelte Miriam. Dann stand sie auf und umarmte die Rothaarige, die offensichtlich Lotte hieß, ebenfalls.

„Ich finde es immer lustig, wie Mädchen sich begrüßen.", meinte Taavi und sah mich vielsagend an.

„Ja schon.", stimmte ich zu, „Es wirkt, als hätten sie sich seit Jahren nicht gesehen."

Taavi musterte mich einen Augenblick. Dann antwortete er: „Sie waren gestern Abend zusammen unterwegs. Ist nicht mehr als vierundzwanzig Stunden her."

Dieses Phänomen kannte ich aus der Schule. Einige Mädchen fielen sich jeden Morgen vor dem Unterricht um den Hals. Manchmal bildete ich mir ein, sie fingen jeden Moment an zu weinen. Ab und zu hatte ich mir wirklich Gedanken darüber gemacht, wie unterschiedlich Begrüßungen waren. Während bei Jungs ein kurzer Händedruck reichte, mussten Mädchen sich Küsschen auf die Wangen drücken und sich bei ihren Umarmungen fast gegenseitig erwürgen. Ich hörte irgendwann auf, mir über das Thema den Kopf zu zerbrechen, als sich zwei Mitschülerinnen äußerst herzlich begrüßten, nachdem eine von ihnen von ihrem fünfminütigen Toilettengang zurückkam. Da wurde mir das Ganze wirklich zu gruselig.

Schließlich kam ein weiterer Typ den Hügel zu uns hinauf gestapft und umarmte einen nach dem anderen. Als er bei mir ankam, stellte er sich knapp vor: „Hunter."

„Hey, ich bin Matteo.", antwortete ich und wollte aufstehen.

„Bleib ruhig sitzen.", meinte er, beugte sich vor und schüttelte mir kurz die Hand, „Bist du mit Miriam hier?"

Bevor ich antworten konnte, hörte ich Miriams Stimme neben mir: „Nein. Mit Eli."

„Mit Eli?", wiederholte Hunter und sah mich verwundert an.

„Ja.", bestätigte ich und fragte mich, was ihn so stutzig machte. Meine Unsicherheit und das fehlende Selbstbewusstsein meldeten sich in meinem Inneren. Sie flüsterten mir ins Ohr, dass die Antwort auf meine Frage doch offensichtlich war. Wie konnte jemand wie Eli mit jemandem wie mir irgendwo aufkreuzen? Doch glücklicherweise schaffte ich es, diese Gedanken mit aller Kraft in die hinterste Ecke meines Kopfes zu verbannen.

„Woher kennt er Eli?", fragte Hunter und sah Taavi fragend an.

„Keine Ahnung.", antwortete er und zwinkerte mir zu, „Die Geschichte wird er uns hoffentlich im Laufe des Abends noch erzählen."

„Da bin ich mir sicher.", bestätigte Hunter, warf mir noch einen interessierten Blick zu und ging zu Lotte und Eli, die sich angeregt unterhielten.

„Hey.", begrüßte er Eli und umarmte sie kurz. Dann legte er seine muskulösen Arme um Lottes Taille und drückte ihr einen Kuss auf den Hinterkopf, bevor er sich wieder an Eli wandte: „Deine gute alte beste Freundin war gar nicht mehr zu stoppen. Zum Glück ist dieses Konzert, bei dem du warst, jetzt vorbei und wir sind hier. Lotte hat sich den ganzen Abend wie ein kleines Kind aufgeführt, vor Freude, dich zu sehen."

„Tja.", machte Lotte nur. Sie befreite sich aus Hunters Umarmung und zog Eli am Arm hinter sich her. Die beiden setzten sich wieder auf Elis alten Platz ins Gras; mir gegenüber. Hunter gesellte sich wenig später neben seine Freundin und legte ihr seinen Arm dieses Mal um die Schultern. Für meinen Geschmack war er ziemlich besitzergreifend. Das bemerkte ich in weniger als fünf Minuten. Doch irgendwie war ich mir sicher, dass Lotte ihn fest im Griff hatte.

„Dich kenne ich nicht.", wandte sie sich unerwartet an mich.

„Tatsächlich, das stimmt.", bestätigte ich und stellte mich ein weiteres Mal an diesem Abend vor, „Matteo. Teo."

„Er ist mit Eli hier.", raunte ihr Hunter von der Seite zu. Lotte machte große Augen. Sie sah erst mich an und drehte sich dann zu ihrer Freundin.

„Ich bin zutiefst verletzt, dass du mir noch nichts von deiner Begleitung erzählt hast!", sie verschränkte die Arme vor ihrem geringelten T-Shirt und machte einen Schmollmund.

„Tja.", machte nun Eli, „Das war eine…ziemlich spontane Fügung."

Ziemlich spontane Fügung. Das klang nicht schlecht, fand ich. Bedeutete Fügung nicht, dass zwei Dinge zusammenpassten?

„Ich will alles wissen!", Lotte war entrüstet.

„Jetzt sind wir ja vollständig. Es wird Zeit für eine spannende Geschichte.", meldete sich plötzlich Arthur zu Wort. Er setzte sich auf und lächelt in die Runde. Sein angestiegener Alkoholpegel war nicht zu übersehen.

Ich schluckte, als ich sah, dass auch Eli mich interessiert betrachtete. Alle Augenpaare waren auf einmal auf mich gerichtet, obwohl ich es bisher ganz gut geschafft hatte, mich im Hintergrund des Geschehens zu halten, wo ich mich sicher fühlte.

Eine Weile lang herrschte Stille. Dann kam Eli mir zur Hilfe: „Wir waren heute Abend beide im selben Konzert."

„Bei den *Vier Jahreszeiten*, richtig?", fragte Lotte.

„Ja.", kam es gleichzeitig von Eli und mir. Dann lachten wir beide. Gleichzeitig.

„Wie romantisch.", murmelte Arthur und der Sarkasmus in seiner Stimme war nicht zu überhören. Ich war mir sicher, dass er unter Romantik etwas ganz Anderes verstand.

„Und du hast sie angesprochen?", fragte Lotte und schlug vor ihrem Gesicht begeistert in die Hände. Irgendwie mochte ich Lotte. Sie war echt. Sie freute sich wie ein kleines Kind für ihre Freundin. Und sie machte sich gar keine Gedanken dabei. Darum, dass sie sich eben wie ein kleines Kind verhielt.

„Na ja, irgendwie hat er mich schon angesprochen.", erklärte Eli und sah mich an.

„Wie kann man denn jemanden irgendwie schon ansprechen?", fragte Taavi nach und sah zwischen Eli und mir hin und her.

Ich war froh, dass Eli versuchte, mir zu helfen, doch ich wusste, dass ich den ungemütlichen Teil noch vor mir hatte. Denn obwohl sie mir half, war ich ihr immer noch eine Erklärung dafür schuldig, woher ich wusste, dass es ihr goldener Ohrring war, den ich am Bahngleis gefunden hatte.

„Also, na ja.", machte ich und beschloss, nicht lange um das Thema herumzureden, „Ich habe ihren Ohrring gefunden. Als ich in die Bahn steigen wollte. Da lag er."

„Tja, das muss wohl passiert sein, als mir dieser Vollidiot angerempelt hat, als ich in die Bahn einsteigen wollte. Ich habe gemerkt, dass mir irgendetwas heruntergefallen ist. Doch es war so voll am Bahnsteig und ich habe mir nichts weiter dabei gedacht. Am Hauptbahnhof ist mir dann aufgefallen, dass einer meiner Ohrringe fehlt.", erklärte Eli. Während sie sprach, wurde mir bewusst, dass ich ihre Stimme liebte. Sie könnte Synchronsprecherin werden. Ich stellte mir vor, wie ich mir jeden Film in dem sie mitwirkte, ansah. Ich würde mir Popcorn kaufen und ihn wieder und wieder ansehen. Ausgestreckt auf meinem Bett und ihre Stimme in meinem Ohr.

„Wie süß!", riss mich Lottes Quietschen aus meinen rosigen Gedanken, „Und du hast ihn Eli wiedergebracht? Das ist ja wie im Märchen, wenn der Prinz Cinderella ihren Schuh zurückbringt."

An diesen Vergleich hatte ich heute auch schon gedacht. Er passte ziemlich gut.

„Und wie hast du Eli gefunden? Eine Durchsage gemacht, oder was?", wollte Arthur wissen.

„Tja.", machte ich und fragte mich, warum sich plötzlich alle so dafür interessierten, wie wir uns kennengelernt hatten.

„Das war wohl Schicksal.", deutete Eli die Geschehnisse. *Schicksal.* Wieder ein Wort, das sich aus ihrem Mund so bedeutend anhörte. War sie froh, mir begegnet zu sein?

„Mein Ohrring wollte einfach ganz schnell wieder zu mir zurück.", führte Eli ihre Überlegung weiter aus. Also ging es hier doch nur um ihr Schmuckstück und nicht um mich. Aber ich konnte mich wirklich nicht beschweren. Immerhin befand ich mich gerade mitten zwischen Eli und ihren Freunden und hatte mich in ihre abendlichen Pläne eingeschlichen. Das war mehr, als ich mir jemals hätte vorstellen können. Was erwartete ich? Dass Eli mir auf der Stelle ihre bedingungslose Liebe gestand?

„Ja, wäre schade gewesen, wenn du ihn verloren hättest.", meinte ich und witterte meine Chance, eine unauffällige Erklärung für den Rest der Geschichte abzugeben, „Als du im Konzert vor mir saßt, hat sich das Kerzenlicht immer in deinen Ohrringen gespiegelt. Es war nicht zu übersehen. Das glänzende Gold und so. Klein sind sie auch nicht gerade. Als ich ihn dann am Bahngleis gesehen habe, wusste ich, dass er dir gehört."

War das wirklich unauffällig? Ich merkte, wie Eli mich von der Seite musterte.

„Süß.", machte Lotte und sah zwischen Eli und mir hin und her, „Also ich glaube an Schicksal."

„Ich ehrlich gesagt nicht.", widersprach Hunter, „Ich denke eher, er steht auf dich, Eli."

Auf Arthurs Lippen legte sich ein wissendes Grinsen und er nickte zustimmend. Ich fühlte mich unwohl in meiner Haut und merkte, wie mir erneut an diesem Abend das Rot in die Wangen stieg. Sicher ergab es mit meinen rötlichen Haaren eine interessante Kombination.

„Ach, stehen wir nicht alle ein bisschen auf Eli?", mischte sich Taavi ein und ich war ihm unglaublich dankbar, dass er die peinliche Stille durchbrach. Erneut bestätigte sich mein Analyseergebnis und Taavi stellte sich als die gute Seele der Gruppe heraus.

„Rede doch nicht so einen Scheiß.", kam es von Eli und sie verdrehte die Augen.

„So unerreichbar. Im wahrsten Sinne des Wortes. Darauf stehen die Männer.", stellte Arthur fest. Ich fragte mich, was er mit seiner Aussage meinte. Es könnte tausende Erklärungen geben. War Eli lesbisch? Vergeben? Der Gedanke versetzte mir einen Hieb in die Seite und ich musste schlucken. War sie unglücklich in einen anderen verliebt? Das wäre fast noch schlimmer. Hatte sie zu wenig Zeit für eine Beziehung? Hatte sie Bindungsangst? Hatte sie vor, ins Ausland zu gehen? Oder war sie schlicht und einfach nicht an einer Beziehung interessiert?

„Sorry, Eli, aber ich stehe nicht auf dich.", meinte Hunter, wandte sich Lotte zu und die beiden begannen, sich zu küssen. Spätestens, als Hunter seine Hand auf Lottes Hintern legte und die beiden im Gras versanken, wandte ich den Blick ab.

„Wer macht hier eigentlich schon wieder die Musik?", wollte Eli wissen und ging nicht auf Hunters Aussage ein. Ich musste ihr zustimmen, dass es an der Zeit war, die Playlist zu wechseln. Miriam sah sie kopfschüttelnd an und deutete auf Arthur. Der saß im Schneidersitz auf der Picknickdecke und war darin vertieft, etwas Tabak auf ein rechteckiges Blättchen zu streuen. Eli schnappte sich sein Handy und reichte es mir: „Suche du was aus."

Zögernd nahm ich es entgegen und überlegte. Was wollte Eli hören? Was wollten die anderen hören? Ich wollte mit meinem Musikgeschmack nicht blöd dastehen. Doch dann entschied ich mich, einfach auf mich selbst zu hören und ein Lied auszusuchen, das mir wirklich gefiel.

„Du magst Twenty One Pilots?", fragte Taavi.

„Ja, schon. Ziemlich. Ich finde, die machen sehr vielseitiges Zeug.", antwortete ich.

„Ist nicht meine Lieblingsband, aber die sind schon ganz gut. Meine Schwester hatte mal Konzertkarten. Ihr Freund hat Schluss gemacht und ich bin mit ihr hingegangen. War schon cool.", erzählte Taavi und wippte im Takt von *The Judge* mit. Ich entspannte mich, als ich die vertrauten Klänge hörte und merkte, dass mich niemand für meine Wahl verurteilte.

Diese dumme Unsicherheit.

„Fertig, Leute. Wer will?", meldete sich Arthur zu Wort und hielt eine Art Zigarette in die Runde. Der Geruch sagte mir allerdings, dass sich in dem weißen Papier nicht nur einfacher Tabak befand. In bestimmten Ecken vor der Schule und in den hintersten Ecken des Pausenhofs war mir der Geruch einige Male begegnet. Allgemein wuchs man in Großstädten mit diesem ganz speziellen Geruch in der Nase auf.

Hunter schnappe sich den Joint aus Arthurs Hand und nahm einen langen Zug. Dann reichte er ihn Lotte, die es ihm nachtat.

„Kiffst du?", fragte Eli, die an mich herangerückt war.

„Ähm. Eigentlich nicht. Also ich meine, ich habe es noch nie gemacht.", gestand ich.

„Gibt coolere Sachen.", meinte Eli.

„Willst du?", kam es von Lotte. Sie hielt mir den rauchenden Joint hin. Ich zögerte. Sollte ich? Eigentlich wollte ich neue Dinge auszuprobieren. Bisher hatte sich nur nie die Möglichkeit ergeben. Ich war nie scharf darauf, Drogen zu nehmen. Es gab auch viele Dinge in diesem Bereich, die ich niemals auch nur mit der Pinzette anfassen würde. Doch hieran war ich allerdings interessiert.

„Komm schon.", sagte Hunter in meine Richtung und begann, Lotte zu kitzeln. Sie lachte und zappelte herum. Fast wäre ihr der Joint aus der Hand gefallen. Bevor es dazu kam, nahm ich ihn ihr schnell aus der Hand und zog vorsichtig daran, sodass die Spitze zu glühen begann.

„Du musst es tief einatmen. Richtig in die Lunge. Sonst bringt es nichts.", meinte Arthur und beobachtete mich. Wahrscheinlich wollte er sichergehen, dass ich sein kostbares Gut nicht verschwendete. Roman hatte mir mal erzählt, dass Kiffen das Portemonnaie ganz schön belasten konnte.

Als ich den beißenden Rauch tief in das Innerste meines Körpers einsog, brannten meine Lungen höllisch. Mein Hals kratzte und die Tränen stiegen mir in die Augen. Ich hustete und Eli klopfte mir auf den Rücken.

„Süß.", kam es von Arthur, der im Anschluss selbst einen tiefen Zug nahm; ohne mit der Wimper zu zucken. Um mir zu demonstrieren, dass er eindeutig mehr draufhatte als ich, pustete er mit dem Rauch kleine Kringel in die abkühlende Sommerluft.

Würde sich mein Hals in dem Moment nicht anfühlen, als stände er in Flammen, könnte ich mich über sein Verhalten fast amüsieren. Natürlich nur im Geheimen. Ich hatte das Gefühl, mit Arthur sollte man es sich nicht verscherzen.

Nachdem das Brennen in Lunge und Hals langsam nachließ, merkte ich, wie meine Augenlider plötzlich ganz schwer wurden. Ich spürte ein ungewohntes Kribbeln in den Beinen und hatte auf einmal ein riesiges Verlangen danach, mich ins Gras sinken zu lassen.

„Alles okay?", fragte Eli.

„Jaaa.", antwortete ich gedehnt und fühlte mich wirklich gut. Ich war plötzlich tiefenentspannt. Aus der Ferne nahm ich wahr, wie Taavi die Musik wechselte. Twenty One Pilots wurde abgelöst von einem Lied, das ich nicht kannte. Aber es gefiel mir. Ich mochte die Gitarrenklänge.

„Was ist das?", fragte ich Eli.

„*People Are Strange*. Von The Doors.", kam ihr Taavi zuvor. Er hielt den Joint in der Hand und wippte mit geschlossenen Augen mit dem Kopf im Takt.

People are strange. Da konnte ich nur zustimmen. Menschen waren schon seltsame Geschöpfe. Das Leben war seltsam. Auch das kam mir in den Sinn. Es war doch irgendwie so, oder?

„Langsam sieht man die ersten Sterne. Guck mal.", sagte Lotte zu Hunter. Sie kuschelte sich an ihn und er blickte nach oben in den Himmel. Auch ich folgte ihrer Anweisung. Die Sonne war längst hinter dem Horizont verschwunden und man konnte fast dabei zusehen, wie das Blau am Himmel dem nächtlichen Schwarz wich. Vereinzelte Sterne zierten das Himmelszelt und auch ihre Anzahl nahm mit jedem Blinzeln zu.

„Ich will mich hinlegen…", murmelte ich und war seltsam fasziniert vom Einbruch der Nacht.

„Na, dann tu das.", meinte Eli lachend. Sie schob die Kühlbox ein Stück zur Seite, ließ ihren Oberkörper ins Gras sinken und klopfte einladend neben sich auf den

Boden. Mir huschte ein schnelles Grinsen über das Gesicht. Dann legte ich mich neben sie.

„Ich! Will! Tanzen!“, jubelte Lotte in den Himmel.

„Dann komm her, wir tanzen gerne mit dir!“, kam es
von einer Gruppe junger Männer, die nicht weit von uns
entfernt im Gras lagen. Hunter warf ihnen einen warnenden Blick zu.

„Dann lass uns abhauen.“, meinte er stattdessen.

Arthur schien nichts gegen den Vorschlag einwenden
zu haben. Sofort begann er, die leeren Bierflaschen zu-
sammenzusammeln.

Ich riss meinen Blick von dem mittlerweile schwarzen
Sternenhimmel los und drehte den Kopf zu Eli. Plötzlich
war sie nur noch wenige Zentimeter von mir entfernt.
Unsere Nasenspitzen berührten sich fast und die altbekannte Hitze stieg in mir auf.

„Wo wollt ihr denn hin?“, fragte ich mit kratziger Stimme. Sie lächelte.

„Auf den Kiez.“, antwortete sie und ich konnte meinen
Blick dabei nicht von ihren kirschroten Lippen abwen-
den, „Ich will tanzen.“

„Du auch?“, fragte ich leise.

„Natürlich.“

Wieder lächelte sie.

Kapitel sechs

Wenig später stieg unsere Gruppe aus der U-Bahn und drängelte sich durch die Menschen hindurch, die am Bahngleis warteten - auf Freunde, die eine besondere Freundin, den einen besonderen Freund, ein Date oder einfach jemanden, mit dem sie die Nacht verbringen konnten. Dass sie auf die nächste Bahn warteten, die sie nach Hause brachte, war um diese Uhrzeit fast unmöglich.

Ich dachte darüber nach, ob unser Zweiweggrill, den wir im Schanzenpark gelassen hatten, nun vielleicht ein Dreiweggrill wurde. Doch meine Gedanken konnten sich an diesem Punkt nicht lange verankern, denn als wir die U-Bahn-Station verließen, empfing mich plötzlich das wahre Leben. Meine Gedanken wurden ausgestellt. Als hätte man einen Schalter umgelegt.

Wir befanden uns auf einer riesigen Kreuzung. Eine der Abzweigungen war die Reeperbahn, die jeden Abend tausenden Menschen den Weg ins Hamburger Nachtleben wies. Links neben mir ragten die Tanzenden Türme in die Höhe. Ein Bauwerk Hamburgs, das ich bereits als Kind faszinierend fand. Durch die außergewöhnliche Architektur entstand der Eindruck, dass die Spitzen der beiden hohen Glasgebäude abknickten. Früher hatte ich mich gefragt, ob die Böden, die Tische und Stühle ebenfalls schräg standen und die Menschen sich fortbewegten, als würden sie sich an einer Kletterwand entlanghangeln. Heute wusste ich natürlich, dass das nicht der Fall war. Doch aufregend fand ich die Vorstellung schon.

„Komm.", sagte Eli und winkte mir zu. Die anderen waren uns bereits ein Stück voraus und liefen den bunten Lichtern der Bars und Clubs entgegen. Ich setzte mich in Bewegung und mit Eli an meiner Seite begab ich mich hinein in die aufregendste Nacht meines Lebens. Sie hatte bereits vor mehreren Stunden begonnen. Doch die Spannungskurve stieg noch immer an. Das Plateau war noch nicht erreicht.

Das spürte ich.

„Hier warst du doch bestimmt schon oft feiern, oder?", fragte Eli, als wir in eine Seitenstraße abbogen. Die Große Freiheit. Jeder kannte diese Straße. Ich natürlich auch. Tagsüber war ich wenige Male dort gewesen und hatte mir mit Roman die Gebäude angesehen. Doch man konnte die Straße am Tag und in der Nacht nicht miteinander vergleichen. Es waren zwei verschieden Welten. Die Große Freiheit war nachtaktiv. Am Tag schlief sie und bereitet sich auf die Abenteuer in der Dunkelheit vor.

„Um ehrlich zu sein noch nicht.", antwortete ich auf Elis Frage. Zwar hatte ich bereits einige Male den Wunsch verspürt, abends herzukommen und mir das Ganze mal anzusehen. Doch als Siebzehnjähriger hatte ich nicht einmal die Garantie, in einen Club oder eine Bar hineinzukommen. Roman meinte, viele Türsteher sahen das mit dem Alter nicht so eng. Doch trotzdem bekam ich bereits bei der Vorstellung Schweißausbrüche, vom Türsteher weggeschickt zu werden und mir vor den anderen anstehenden Leuten diese Blöße geben zu müssen. Zwar war ich heute im Grunde auch noch nicht volljährig, doch dieser Zustand dauerte nur noch eine Stunde an, wie ich nach einem Blick auf mein Handy feststellte. Und da würden diese breiten, glatzköpfigen Männer doch wohl eine Ausnahme machen, oder? Roman hatte mir mal erzählt, dass es als Mädchen einfacher sei, sich minderjährig in einen Club zu schleichen. Junge, hübsche Mädchen lockten Männer in die Clubs und sorgten dadurch für einen guten Umsatz. Ich wusste nicht, für welche Seite ich das Ganze ungerechter finden sollte. Für die Jungs, weil ihnen in jungen Jahren einfach weniger Spaß erlaubt wurde. Oder für die Mädchen, weil sie als Lockmittel genutzt wurden.

Mir wurde bewusst, woher die Große Freiheit ihren Namen hatte. Bereits nach der kurzen Zeit, die ich die Straße nun bei Nacht erlebt hatte, kam sie mir wie ein Ort vor, an dem es keine Grenzen gab. Menschen tanzten unter freiem Himmel, Menschen küssten sich, Menschen trugen bunte Outfits, Perücken, manche Menschen trugen fast gar nichts. Menschen schminkten sich und Menschen sahen aus, als hätten sie bereits drei Nächte durchgetanzt. Hier war alles und jeder vertreten. Und ich fühlte mich plötzlich ziemlich wohl. Denn unter all diesen bunten Menschenmassen würde ich niemandem auffallen. Viele wollten auffallen, das sah ich an ihrem auffälligen Make-up und den glitzernden Klamotten. Ich schenkte zwei jungen Männern mit dickem Eyeliner und High-Heels ein freundliches Lächeln. Ich war jedem einzelnen hier dankbar, dass sie die Aufmerksamkeit auf sich zogen und so dafür sorgten, dass ich mich entspannen konnte.

„*Colibri?*", fragte Lotte, als Eli und ich als letztes zu unserer Gruppe stießen. Wir standen vor einem Club, vor dem einige junge Leute auf den Einlass warteten. Ich hörte einen gedämpften, dennoch starken Bass und sah blaue Lichter, die durch den Eingang auf die Straße strahlten. Über dem Eingang waren bunte, in Neonfarben leuchtende, Buchstaben angebracht, die den Namen *Colibri* bildeten. Von diesem Club hatte Roman mir sogar schon erzählt. Er kam auf jeden Fall gerne her.

„Klar!", antwortete Eli auf Lottes Frage und streckte ihren Daumen in die Höhe.

Ich schlenderte langsam zu Arthur, Hunter und Taavi, die sich bereits in die Schlange gestellt hatten. Ein Kribbeln breitete sich in meinem Körper aus. Zu meiner Erleichterung war es nicht die altbekannte Unsicherheit, sondern eine angenehme Aufregung. Meine Unsicherheit wurde heute Abend von dem Alkohol und den unerwarteten Ereignissen, die mich euphorisch stimmten, gut in Schach gehalten.

„Ausweise.", verlangte der Türsteher, als Taavi vor ihm stand und mein Herz setzte für einen Moment aus. Ich sah mich um und alle kramten in ihren Hosentaschen. Doch niemand schien sich in geringster Form Sorgen zu machen. Alle Mitglieder meiner Gruppe mussten bereits volljährig sein. Zögernd zog ich mein kleines Portemonnaie aus der Hosentasche und wartete, bis ich an der Reihe war. Ich atmete tief durch, streckte die Brust raus und versuchte, so selbstbewusst wie nur möglich zu erscheinen, als ich dem Türsteher, der mich mindestens um zwanzig Zentimeter überragte, meinen Ausweis unter die Nase hielt. Er nahm ihn entgegen und starrte einen Moment auf die kleine Karte. Ich schloss die Augen und bereitete mich auf den peinlichsten Moment meines Lebens vor. Als ich die Augen zögernd wieder öffnete, zwinkerte mir der Mann zu, gab mir den Ausweis zurück und nickte in Richtung Eingang.

„Viel Spaß.", sagte er mit tiefer Stimme und ich konnte mein Glück kaum glauben. Bevor er es sich doch noch anders überlegen konnte, setzte ich mich in Bewegung und gesellte mich zum männlichen Teil unserer Gruppe.

„Ey, kurz dachte ich, du kommst nicht rein.", meinte Arthur, „Ist mir auch mal passiert, als ich als Halbstarker versucht habe, in 'nen Club zu kommen. Ist aber schon ein paar Jahre her."

Ich lachte und versuchte, mir nichts anmerken zu lassen. In Stillen dankte ich dem Türsteher tausend Mal und entschied, ihn, wenn ich irgendwann in meinem Leben doch noch gläubig werden sollte, in meine Gebete einzubringen.

„Juhu!", Lotte strahlte, als der Türsteher ihr den Ausweis zurückgab, sie sich bei Eli und Miriam unterhakte und an uns vorbei stürmte; ins Innere des Clubs. Hunter folgte dem weiblichen Teil unserer Gruppe. Als ich hinter ihm den unendlich weit erscheinenden Raum betrat, traf es mich wie ein Schlag. Die blauen und grünen Lichter, die sich schnell bewegten und ein wildes Farbengewirr bildeten, die laute Musik, die den größten nur vorstellbaren Kontrast zu Vivaldis *Vier Jahreszeiten* darstellte, die vielen Menschen, die stickige Luft. Einen Moment dachte ich, ich könnte nicht mehr atmen, doch dann wurde mir

bewusst, dass meine Lunge heute schon viel mehr aus-
halten musste. Ich riss die Augen auf und ließ alles auf
mich wirken. Ich hätte es nicht für möglich gehalten.
Doch es gefiel mir. Das, was ich sah.

„Ich hole mal was zu trinken.", richtete sich Hunter an
Lotte, doch die war bereits dabei, sich mit Eli und Miriam
einen Weg durch die Menschen auf die gefüllte Tanzfläche zu bahnen, „Noch jemand was?"

Ich wartete darauf, was Arthur und Taavi antworteten,
doch die schüttelten den Kopf.

„Viel zu teuer.", meinte Arthur und folgte den drei
Mädchen. Die Blicke, die er den Frauen, die sich ausge-
lassen auf der Tanzfläche bewegten, zuwarf, waren nicht
zu übersehen. Und die Blicke, die sie ihm schenkten,
noch weniger.

„Du, Matteo?", richtete sich Hunter an mich.

Auch ich schüttelte den Kopf: „Nein, danke."

Ich hatte fürs Erste genug. Der Alkohol, der durch meine Blutbahnen floss, war noch immer sehr präsent.

„Komm.", meinte Taavi und schob mich vor sich und
hinter den anderen her auf die Tanzfläche. Ich spürte die
Hitze der tanzenden Körper und roch ihren Schweiß.
Eine knapp bekleidete Frau warf mir ihre Haare ins Gesicht und ich fragte mich, ob ich einer Frau in meinem
Leben schon einmal so nah gewesen war. Ich musste allerdings zugeben, dass ich auf die vom Schweiß leicht
feuchten, blonden Haare, die mich in der Nase kitzelten,
gut verzichten konnte.

Diese unangenehme Begegnung hatte ich allerdings
ganz schnell wieder vergessen, als ich hinter Arthur zu

den anderen stieß. Miriam bewegte sich gekonnt und flirtete mit einem dunkelhaarigen Typen, der sich ihr unauffällig zwischen seinen Tanzbewegungen näherte. Doch es war nicht diese Szene, die meine Aufmerksamkeit auf sich zog. Viel mehr war es Eli, die ihre Arme um Lottes Hals gelegt hatte und ihren Kopf in den Nacken legte. Die Augen hatte sie geschlossen und sie bewegte sich, als hätte sie ihr ganzes Leben lang nichts anderes getan, als tanzen. Ihre Hüften kreisten und ihr Körper erinnerte mich an den königlichen, biegsamen Körper einer Schlange.

Schlangen konnten gefährlich sein. Wunderschön. Und tödlich.

Ich wusste nicht viel über die Liebe. Und ich wusste nicht viel über Beziehungen, Affären und alles, was dazugehörte. Doch ich wusste, dass Eli gefährlich war. Für mich. In jeder Hinsicht.

Voyage voyage. Ich kannte das französische Lied, das aus den riesigen Boxen des Clubs dröhnte. Reise reise. Wie passend das Lied doch für diesen Abend war. Ich hatte das Gefühl, mich wirklich auf einer Reise zu befinden. Wo sie hinführte, wusste ich noch nicht.

Ohne es zu merken, begann ich selbst, mich zur Musik bewegen. Und es fiel mir gar nicht schwer. Auch hier auf der Tanzfläche fühlte ich mich seltsam behütet und unauffällig. Jeder befand sich in seiner eigenen kleinen Welt. Ich sah mich um und fragte mich, aus welchem Grund die Menschen hier waren. Neben mir tanzte ein junges Paar eng aneinandergeschmiegt. Daneben eine Frau mittleren Alters. Sie schien bereits ziemlich betrunken zu sein. In ihren Augen glänzen Tränen und sie bewegte sich, als würde es um ihr Leben gehen. Sie tanzte wohl, um zu vergessen. Hinter mir tanzen ein paar Leute in meinem Alter im Kreis. Sie tanzten wohl, weil sie jung waren. Und Spaß am Leben hatten. Alles lag noch vor ihnen.

Genauso wie noch alles vor mir lag. Irgendwie musste ich in diesem Moment daran denken. In etwa fünfundvierzig Minuten würde ich volljährig sein. Die Welt lag mir zu Füßen. Mir, Matteo. Daran musste ich in diesem Moment denken. Oft hatte ich das Gefühl, etwas zu verpassen. Einfach alles falsch zu machen. Weil ich unsicher war. Ein bisschen schüchtern. Ein bisschen zu sehr. Das mochte ich nicht, doch es war nichts Ungewöhnliches. Es gab viele schüchterne Menschen. Doch sie fielen einfach nicht so sehr auf, wie die lauten, selbstbewussten. Deshalb hatte man das Gefühl, die Welt würde nur aus lauten, selbstbewussten Menschen bestehen, die ganz genau wussten, was sie wollten. Natürlich gab es diese Menschen. Doch auf der anderen Seite waren diejenigen, die mehr nachdachten, bevor sie etwas taten. Sich mehr Sorgen machten. Sich selbst mehr in Frage stellten. Und zweifelten. So war ich. Und so waren viele andere. Daran musste ich in dem Moment im Club, in der Mitte einer schwitzenden und stinkenden Menschenmasse denken.

Das Wichtige war nicht, dass man schüchtern war. Oder unsicher. Das Wichtige war, diese Gefühle zu überwinden. Zu fliegen. Einfach mal loszulassen. Das konnte man schaffen. Das wusste ich jetzt.

Ich tanzte. Ich war frei. Ich lächelte Taavi an, der sich rhythmisch zur Musik bewegte. Er lächelte zurück. Ich lächelte sogar Arthur zu, der mittlerweile doch ein Getränk in der Hand hielt. Und sogar er lächelte zurück. Ich fühlte mich wohl. Ich war frei. Ich fühlte mich richtig. Stellte wohl das erste Mal in meinem Leben nicht in Frage, wer ich war und was ich tat.

Darüber dachte ich nach. Im Club. In der Mitte einer schwitzenden und stinkenden Menschenmasse.

Eli warf mir einen Blick zu. Ihr Lächeln bestätigte mich.

Ich war richtig.

Was hätte ich anderes tun sollen, als fliegen?

Kapitel sieben

„Komm, wir holen uns auch mal etwas zu trinken!", Eli musste mir förmlich ins Ohr schreien, damit ich sie bei der lauten Musik verstand. Ich fragte mich, ob mein Trommelfell diese Nacht überleben würde. Dann nickte ich und drängelte mich hinter ihr an der vergessenden Frau, dem Kreis junger Abenteurer und vielen anderen Menschen, deren Gesichter spannende Geschichten erzählten, vorbei.

Ich lugte Eli interessiert über die Schulter, als sie mit dem Barkeeper sprach und unsere Drinks bestellte. Zwar konnte ich kein Wort verstehen, doch es reichte mir, Elis Lippen zu beobachten, während sie sich bewegten.

Wenige Augenblicke später drückte sie mir ein Glas in die Hand. Ohne zu fragen, um was es sich handelte, nahm ich einen Schluck und schmeckte eine angenehme Süße, die sich in ein leichtes Brennen verwandelte, als die kalte Flüssigkeit meinen Hals hinunterrann.

„Wodka. Mit Sprite. Ist mal eine Abwechslung zu Cola!", rief Eli mit einem breiten Grinsen auf dem Gesicht und prostete mir zu, „Nochmal danke. Für den Ohrring."

„Immer wieder gerne.", rief ich. Eli nickte. Ich wusste nicht, ob sie mich verstanden hatte.

„Wollen wir kurz nach draußen gehen? Es ist echt heiß hier!", während sie sprach, beugte sie sich in meine Richtung, damit ich sie besser verstehen konnte. Ihr Atem streifte über meiner Wange.

Ich nickte und dieses Mal war ich derjenige, der voranging. Schützend hielt ich die Arme um mein wertvolles Getränk und sah mich gelegentlich um, um sicherzustellen, dass Eli mir noch folgte.

„Puh!", sie fächelte sich mit der flachen Hand Luft ins Gesicht, als wir schließlich draußen vor dem Club standen. Eine lange Schlange erstreckte sich auf der Straße und es sah so aus, als würde momentan niemand mehr ins *Colibri* kommen. Da hatten wir wohl noch einmal Glück!

„Ja, angenehm hier draußen.", stimmte ich zu und hielt das kalte Glas an meine Stirn, um mich zusätzlich abzukühlen. Die Kombination aus einem heißen Sommertag, der stickigen Luft im Club…und Eli…hatten meinen Körper im Laufe des Tages so aufgeheizt, dass ich dachte, ich könnte jeden Augenblick explodieren.

„Geht's dir gut?", fragte Eli und warf mir einen fragenden Blick zu.

Ich überlegte.

„Weißt du was?", fragte ich und sie schüttelte den Kopf, „Ich glaube, es ging mir nie besser."

Sie nickte wissend und blickte hinauf in den Sternenhimmel. Durch die grellen Lichter der Clubs und Bars wurde das Licht der Sterne zum größten Teil verschluckt. Dennoch schafften es einige von ihnen, ihr Licht aus den unglaublichen Weiten des Universums bis auf unsere Erde zu schicken. Bis in die Große Freiheit des Hamburger Stadtteils St. Pauli.

„Diese Stadt ist schon besonders.", meinte Eli und schwankte leicht hin und her, „Es ist immer wieder schön, herzukommen."

Ich dachte mir nichts bei ihrer Aussage und versank förmlich in diesem Moment. Die Lichter, der Alkohol und das Mädchen, das ich heute kennenlernte, nahmen den gesamten Platz meiner Gedanken ein. Mein gesamtes Dasein.

„Mir fällt auf, Teo, ich weiß eigentlich gar nichts über dich. Bisher hast du nicht viel erzählt. Vielleicht haben wir ja später noch die Gelegenheit dazu.", überlegte Eli. Sie riss ihren Blick von dem Himmelsausschnitt über uns los und blickte mich von der Seite an.

„Ja. Vielleicht. Hoffentlich. Ich denke doch, oder?", murmelte ich. Einen anständigen Satz brachte ich nicht mehr zustande.

„Ich denke auch.", Eli lachte. Nach einem kurzen Moment der Stille fragte sie: „Wie alt bist du eigentlich?"

Ich schluckte. Mir war bewusst, dass sie eine ganz gewöhnliche Frage gestellt hatte. Normalerweise würde man einfach eine Zahl sagen und sich nichts weiter dabei denken. Doch ich wusste ganz genau, dass meine Antwort in dieser Nacht viel ändern konnte.

„Hm?", machte Eli, als ich nicht antwortete und sah mich mit hochgezogenen Augenbrauen an, „Bist du etwa noch nicht volljährig?"

Sie lachte.

Und ich nickte.

Sie hatte genau ins Schwarze getroffen.

Ich sah sie vielsagend an und ihr Grinsen wurde immer breiter.

„Echt jetzt?", fragte sie.

„Na ja…", machte ich und warf einen schnellen Blick auf mein Handy, „In genau neun Minuten bin ich achtzehn. Volljährig. Erwachsen. Wie auch immer."

„Oh,, wow.", antwortete Eli, „Dann ist es mir ja wirklich eine Ehre, dir an diesem besonderen Tag - oder in dieser besonderen Nacht - Gesellschaft zu leisten."

Ich freute mich über ihre Aussage und gab mir Mühe, nicht rot zu werden.

„Ich könnte mir keine bessere Gesellschaft vorstellen. Ehrlich.", meinte ich. Und es war wirklich wahr. Ich hätte nichts dagegen, wenn Roman hier wäre. Doch auch ohne meinen besten Freund fühlte ich mich sicher. Ich fühlte mich lebendiger als je zuvor.

„Du bist süß.", sagte Eli grinsend. Dann drehte sie sich zwei Mal im Kreis und blieb vor mir stehen. „Wieder rein? Auf die Tanzfläche?", schlug sie vor und nickte in die Richtung des Eingangs, „Immerhin gibt es etwas zu feiern."

„Da hast du wohl recht.", stimmte ich zu und folgte ihr zurück ins *Colibri*.

„Ey Leute!", rief Eli, als wir wieder zu Arthur, Hunter, Taavi, Miriam und Lotte stießen. Sie bewegten sich lachend zur Musik, Lotte warf ihre roten Haare, die sich mittlerweile aus dem Turm auf ihrem Kopf gelöst hatten, hin und her und Arthur ließ seinen Blick über die versammelte Menschenmasse schweifen. Ich fragte mich, ob er in seinem Leben auch an andere Dinge dachte, als an Sex.

„Hey!", rief Eli noch lauter, „Wisst ihr was?"

„Neee!", kam es von Miriam. Sie schlang ihre Arme um Elis Hals und wollte sie dazu bewegen, mit ihr zu tanzen, „Was ist denn?"

„Der da!", antwortete Eli, beugte sich zu ihren Freunden und deutete auf mich, „Der da hat in fünf Minuten Geburtstag!"

„Was? Echt?", schrie Taavi.

„Wie alt wird denn der Gute?", Arthur musste sich nicht einmal Mühe geben, gegen die laute Musik anzukommen. Seine tiefe Stimme übertönte auch so jeden Bass.

„Achtzehn!", rief ich und zuckte mit den Schultern.

Arthur lachte. Hunter nickte mir zu.

„Cool!", rief Lotte und war schon im nächsten Moment wieder in ihrer eigenen Welt verschwunden. Sie hatte die Augen geschlossen, ließ die Hüften kreisen und schien vollkommen in ihrem Element zu sein.

„Wir brauchen mehr Drinks!", rief Taavi, „Zum Anstoßen. Ich besorge schnell was!"

Gemeinsam mit Miriam, die ihm beim Tragen helfen wollte, verschwand er in Richtung Bar.

Jetzt war es raus. Sie wussten, dass ich jünger war, als sie wahrscheinlich erwartet hatten. Hielten sie mich für ein Kind? Konnten sie sich denken, dass ich bisher noch nie das Innere eines Clubs gesehen hatte? Ahnten sie, dass es für mich ein ganz neues Erlebnis war, mit einer lustigen Gruppe junger Menschen, die ich gerade erst kennengelernt hatte, durch die nächtlichen Straßen zu ziehen? Was dachten sie sich?

Ich wusste es nicht. Und würde es auch niemals wissen. Es war einfach nicht möglich, herauszufinden, was in dem Kopf eines anderen Menschen vor sich ging. Und das war auch gut so. Denn wenn man ehrliche Menschen an seiner Seite hatte, reichten deren Taten aus, um zu zeigen, was in ihrem Inneren vor sich ging.

Ich hatte das Gefühl, es mit ehrlichen Menschen zu tun zu haben. Ich mochte Eli. Und ich mochte ihre Freunde. Arthur war mir nicht sehr sympathisch, doch ich vermutete, dass das nicht ausschließlich an ihm lag. War ich neidisch? Ich konnte das Gefühl nicht ganz identifizieren. Doch etwas lag zwischen uns. Er war selbstbewusst. Vielleicht etwas zu selbstbewusst, doch das war in Ordnung. Er schadete niemandem damit. Und vielleicht wünschte ich mir insgeheim einfach, ein bisschen mehr wie er zu sein.

Schon während ich diesen Gedanken formulierte, verwarf ich ihn wieder. Ich war nicht Arthur. Ich war Matteo. Vielleicht etwas zu schüchtern. Doch das war okay. Leise. Unauffällig. Doch nicht unsichtbar.

Ich warf einen Blick auf mein Handy. Zwei Minuten. In zwei Minuten würde ein neues Kapitel beginnen. Das spürte ich. Und das lag nicht nur daran, dass ich volljährig war.

In dieser Nacht veränderte sich mehr als mein Alter.

„Tadaaa!", rief Miriam, als sie zusammen mit Taavi wieder zu uns stieß. Jeder von ihnen hielt ein langes, rechteckiges Brett in der Hand, das mit Löchern ausgestattet war, in denen kleine Gläser mit einer grünen Flüssigkeit steckten.

„Cool! Sehr cool!", steigerte Lotte ihre Ausdrücke der Begeisterung und schnappte sich eines der kleinen Gläser. Sie reichte es an Hunter weiter, der es dankend entgegennahm, und sicherte sich dann ein eigenes.

„Für jeden sind zwei zum Anstoßen da.", rief Taavi und verteilte die anderen Gläser. Auch mir reichte er eines und nickte mir lächelnd zu. Ich konnte mir denken, dass es für ihn und Miriam keine günstige Angelegenheit gewesen war. Ich war kein Kenner des Nachtlebens, doch mir war bewusst, wie teuer ein Abend nur aufgrund der Getränke werden konnte. Es war ein echtes Geburtstagsgeschenk.

Eli warf einen Blick auf ihr Handy. Sie sah mich an, lächelte und begann von zehn runterzuzählen.

„Zehn…neun…acht…"

Dann setzten die anderen mit ein und auch ich zählte mit: „Sieben…sechs…fünf…"

Alle hielten ihre Gläser in die Mitte und ich spürte die Blicke von Eli und ihren Freunden auf mir. Sie brannten. Nein, sie prickelten auf meiner Haut.

„Vier…Drei…Zwei…"

Ich fühlte mich wie beim letzten Silvesterabend. Der Unterschied war, dass ich diesen mit Roman und zwei anderen Klassenkameraden am Esstisch vor zwei vollen Raclette-Geräten verbracht hatte. Und nun stand ich in einem stinkenden Club, der gefüllt war mit jungen, abenteuerlustigen Menschen. Betrunken. Und etwas high.

„Eins…NULL!"

„Auf Teo!", rief Eli und setzte ihr Glas an die Lippen. Auch ich kippte die Flüssigkeit hinunter. Sie brannte im Hals, doch hinterließ einen angenehmen Geschmack nach frischem Waldmeister.

Mein erster Gedanke als Erwachsener galt einer wohlschmeckenden grünen Pflanze. Ich war wirklich spießig. Ich lachte über mich selbst.

„Happy Birthday!", rief Arthur mir zu und kippte zwei Kurze hintereinander in seinen Mund.

Auch die anderen gratulierten mir und Taavi klopfte mir auf die Schulter. Er nickte mir zu und ich öffnete den Mund. Er schüttete den Alkohol aus dem letzten kleinen Glas hinein. Zum Glück zielte er gut.

„Jaaa!", schrie Miriam, als ein neues Lied begann. *Too Shy* von Kajagoogoo. Ich kannte das Lied aus dem Englischunterricht. Es war zwar schon eine ganze Weile her, doch unsere Lehrerin ließ uns früher regelmäßig englische Liedtexte übersetzen, um unser Sprachverständnis zu fördern.

Miriam und Lotte sprangen um die Wette, Taavi bewegte sich in seinem eigenen Rhythmus und Eli sah mich an. Es war recht dunkel im *Colibri*, doch mir entging nicht, dass sie mir zuzwinkerte. Sie streckte ihre Arme über den Kopf, drehte sich und ließ mich dabei nicht aus den Augen.

Sie war so schön.

Das war das einzige, woran ich denken konnte. Könnte das Leben als Erwachsener besser beginnen?

Der Alkohol zeigte seine Wirkung. Über den Abend verteilt hatte ich für meine Verhältnisse eine ganze Menge getrunken und mein Körper hatte keine Gelegenheit, wieder auf ein normales Level zu gelangen. Und das kam mir in diesem Moment zugute. Zumindest fühlte ich mich etwas lockerer und freier in meinen Bewegungen. Auch ich bewegte mich zum Rhythmus des Lieds. Ich sah Eli an. Und zwischendurch trafen sich unsere Blicke. Ich spürte, wie mir heiß wurde. Heißer als ohnehin schon.

Es war, als würde das Lied mit seinem Text, seinem Rhythmus und seiner gesamten Komposition in mich übergehen. Als wären meine Adern nicht mehr mit Blut, sondern mit Noten und Worten gefüllt. Mein Herz pumpte sie durch meinen gesamten Körper.

Ich versuchte es.

„Hey girl.", formte ich mit den Lippen. Eli lachte.

Auch an ihren Lippen konnte ich ablesen, wie sie den Text mitsang.

Komm etwas näher.

Und es war ganz leicht. Meine Füße trugen mich wie von selbst in ihre Richtung. Wieder begegneten sich unsere Blicke. Als ich bei ihr ankam, legte sie wie selbstverständlich ihre Arme um meinen Hals.

Ich ließ mich von Kajagoogoo nicht beirren. Der Sänger schleuderte uns seine Worte, wir wären zu schüchtern, entgegen. Doch in diesem Moment musste ich ihm widersprechen. Nein, ich war nicht schüchtern. Nicht jetzt. Nicht in diesem Moment! Und vielleicht würde ich es schaffen, für immer ein Stück meiner Unsicherheit hinter mir zu lassen. Vielleicht?

Ein guter Anfang war es, meine Arme um Elis Taille zu schlingen und die Hände sacht auf ihrem Rücken zu platzieren. Ich zog sie etwas näher zu mir heran. Das erste Mal fiel mir auf, dass ich einige wenige Zentimeter größer war als sie. Das erste Mal fiel mir die kleine Narbe auf ihrer Stirn auf. Eine Erinnerung an die überstandene, bekannte Kinderkrankheit. Windpocken. Eindeutig. Ich verspürte das Bedürfnis, mit den Fingern über diese kleine Narbe zu streichen. Oder sie sanft zu küssen. Doch das traute ich mich trotz des Alkohols, des Rauchs in meiner Lunge und der Euphorie nicht. Und das war okay.

Nichts konnte schöner sein, als Elis Körper an meinem zu spüren. Die Stelle, auf der meine Hände auf ihrem Rücken ruhten, wurde ganz warm und ich stellte mir vor, wie sich unser Schweiß vermischte. Mit den Fingern kraulte sie sanft meinen Nacken. Es kitzelte. Doch es war ein angenehmes Kitzeln. Eines, bei dem man niemals wollte, dass es aufhörte. Mit voller Überzeugung konnte ich sagen, dass dies wohl der intimste Moment meines Lebens war. Noch nie hatte ich mich mit einer Person so verbunden gefühlt. Unsere Körper bewegten sich im Einklang. Unser Atem folgte dem gleichen Muster von kurzen, schnappenden Zügen.

Wir verwandelten uns in Energie.

Pure Energie.

Das war wohl das, was uns Menschen ausmachte. Es ging nicht um das Wissen, was wir uns aneigneten. Nicht ums Rechnen, Analysieren, Arbeiten oder eines der tausend anderen Dinge, mit denen wir Menschen unsere

Zeit verbrachten. Das, was uns wirklich am Leben hielt, war die Energie. Die, die uns begegnete, wenn wir eine interessante Person kennenlernten. Wenn wir tanzten. Wenn wir einfach ganz tief in uns hineinspürten und wussten, dass alles richtig war. Der Zeitpunkt. Die Musik. Die Menschen um uns herum. Doch am wichtigsten war, dass man wusste, dass man selbst richtig war. Ohne diese Tatsache auch nur für eine Sekunde in Frage zu stellen. Ich war ein Mensch, der viel dachte, analysierte und sich sorgte. Doch in diesem Moment war ich einfach ich. Und ich tanzte mit Eli. Mit dem Mädchen, das ich erst seit wenigen Stunden kannte. Ihre Finger liebkosten meinen Nacken und meine Hände verschmolzen mit dem zarten Stoff ihrer roten Bluse.

In diesem Moment war ich ein ganz normaler Achtzehnjähriger, der betrunken in einem überfüllten Club tanzte und sich unanständige Dinge mit einem hübschen Mädchen vorstellte.

Und ich spürte die totale Unendlichkeit.

Kapitel acht

Irgendwann erwachte ich aus dieser Unendlichkeit, als ich einen starken Druck auf der Blase verspürte. Nach dem ganzen Bier, das ich im Park getrunken hatte, war das wohl kein Wunder. Eli und ich hatten uns mittlerweile wieder voneinander gelöst, ließen uns beim Tanzen trotzdem nicht aus den Augen. Ich fragte mich, woran sie dachte.

„Ich verschwinde mal kurz auf die Toilette!", sagte ich laut. Sie nickte und ich schaffte es erst nach einigen Sekunden, den Blick von ihr abzuwenden. Selbst die schönsten Momente mussten enden. Oder zumindest unterbrochen werden. Irgendwann kam einem immer eines der menschlichen Grundbedürfnisse in die Quere.

Ich drehte mich um und wollte mich gerade ein weiteres Mal durch die tanzenden Menschen drängeln, als mir jemand auf die Schulter tippte. Als ich den Blick senkte, sah ich Elis zarte Hand mit ihren dünnen Goldringen an den Fingern auf meiner Schulter ruhen. Ein Blitz durchzuckte mich. Wollte sie mich davon abhalten, zu gehen? Wollte sie weiter tanzen? Nicht alleine oder mit ihren Freunden, sondern mit mir? Oder…wollte sie mich zur Toilette begleiten? Wollte sie vor den dreckigen, verschmierten Toilettenspiegeln ihren roten Lippenstift nachziehen? Ihre Haare richten? Wollte sie heimlich mit in meine Kabine schlüpfen? Ihre Hände unter mein Hemd auf meine Brust legen und…

„Du, die Toiletten sind dort drüben!", riss mich Elis Stimme nah an meinem Ohr aus meiner Gedankenwelt.

Sie deutete in die entgegengesetzte Richtung, als die, in der ich gerade verschwinden wollte.

Ich schloss einen Moment die Augen, sammelte mich, nickte ihr dankend zu und bahnte mir den Weg bis zu dem grün leuchtenden Schild, auf dem WC stand.

Die Schlange vor der Damen-Toilette war wie immer mindestens doppelt so lang, wie die der Herren. Doch auch ich hatte einige Personen vor mir und stellte mich auf eine kurze Wartezeit ein. Ich war ganz froh darüber. Hier, etwas abseits der Tanzfläche und dem ganzen Trubel, war es ruhiger und die Musik gedämpft. Mein Kopf brummte und in meinen Ohren tönte ein leises, aber stetiges Piepen und ich fragte mich, ob diese Nacht den Startschuss für die Taubheit im Alter gegeben hatte.

Ich lehnte mich an die Wand und atmete tief ein und aus.

„Was für eine Nacht…", murmelte ich leise. Ein Typ in weißem Hemd, der vor mir in der Schlange stand, drehte sich zu mir um. Das amüsierte Grinsen auf seinem Gesicht entging mir nicht. Ich nickte ihm zu und er drehte sich wieder um.

„Matteo?", als ich meinen Namen hörte, schreckte ich auf. Die Stimme kam mir bekannt vor, doch ich konnte sie im ersten Moment nicht einordnen. Doch als ich das Mädchen entdeckte, das mich mit einem breiten Lächeln im Gesicht ansah, war mir sofort bewusst, wer mir da gegenüber in der Schlange stand.

„Hallo Flora.", sagte ich und winkte ihr kurz zu.

Flora ging in meine Parallelklasse und wir hatten uns durch ein Projekt im Französischunterricht wenige Male privat getroffen. Ich mochte sie. Sie war hübsch. Nett. Sie fand mich auch nett. Mehr gab es da eigentlich nicht zu sagen. In der Schule gab es ab und zu ein paar Gespräche in den Pausen. Aber nur, wenn man sich zufällig über den Weg lief und gerade nichts anderes zu tun hatte.

„Du hier?", fragte sie und stemmte eine Hand in die Hüfte. Ihr roter Minirock und das schwarze, enge Top betonten ihre sportliche Figur.

„Ja. Sieht so aus.", antwortete ich und lachte, „Ist schon verrückt, oder?"

„Was genau? Dass du hier bist?", fragte Flora.

„Alles irgendwie. Das Leben.", meinte ich und zuckte mit den Schultern. Der Alkohol lockerte meine Zunge und ich verspürte das Bedürfnis, mich mit Flora zu unterhalten.

„Hm, das stimmt schon.", erwiderte sie und fügte schmunzelnd hinzu: „Alkohol macht aus einem gewöhnlichen Menschen einen Philosophen. Wusstest du das?"

Ich überlegte einen Moment und antwortete dann: „Naja, ich denke immer viel nach. Ich würde sogar sagen, ich bin der geborene Philosoph. Aber ich kann nicht bestreiten, dass gewisse Drogen den eigenen Blickwinkel auf die Dinge verändern können."

„Schlau ausgedrückt.", lobte Flora und nickte anerkennend, „Mit wem bist du hier? Roman?"

Ich schüttelte den Kopf: „Nein. Mit Freunden. Anderen Freunden. Ich habe ein paar Leute kennengelernt."

Man konnte diesen Satz so beiläufig aussprechen, doch für mich steckte eine sehr große Bedeutung und viel Stolz auf mich selbst dahinter.

„Cool cool. Neue Leute sind immer gut.", meinte Flora lächelnd, „Lustig, dich zu treffen. Ich habe dich hier noch nie gesehen."

„Tja.", war alles, was mir dazu einfiel.

„Ich hasse Kommentare wie: *Ich hätte gedacht, du trinkst keinen Alkohol* oder *Ich dachte immer, du wärst so brav.* Ich hasse sie, denn ich habe solche Sprüche schon oft zu hören bekommen. Man weiß nie, was in einem Menschen steckt und was in ihm vorgeht. Deswegen sollte man sie nicht versuchen zu deuten oder in eine Schublade zu stecken, oder?", überlegte Flora.

„Klar, da hast du recht.", stimmte ich ihr zu. Besser hätte man es nicht formulieren können.

„Aber ich verstehe schon, warum Menschen so was tun. Sie können es nicht verhindern. Es passiert ganz automatisch, das Beurteilen. Denn…darf ich ehrlich sein?", fragte sie und sah mich unschuldig an. Ich nickte und sie fuhr fort: „Ich hätte von dir auch nicht erwartet, dass du Alkohol trinkst. Und feiern gehst. Aber tut mir leid, ich sollte so etwas nicht denken. Und schon gar nicht sagen. Tut mir echt leid, ich rede zu viel. Ich habe wohl schon einiges getrunken, denke ich."

Ich lachte, denn auch da stimmte ich ihr eindeutig zu.

„Sagen wir einfach, ich bin überrascht, dich hier zu sehen. Aber das Leben ist ja für seine Überraschungen bekannt.", stellte Flora fest.

„Eindeutig.", sagte ich nickend, „Eindeutig."

Dann wurde ich von einem ungeduldigen Räuspern hinter mir abgelenkt und ich bemerkte, dass die Toiletten längst frei waren.

„Man sieht sich!", meinte ich und winkte Flora zu.

„Sicher!"

Als ich den Vorraum der Toiletten betrat, wurde ich überwältigt vom beißenden Geruch nach Urin und Schweiß. Wenn ich mich nicht irrte, mischte sich auch Erbrochenes in den speziellen Geruchscocktail. Mit großen Schritten erreichte ich eine freie Kabine, schloss die Tür hinter mir ab und bedeckte die Klobrille mit zwei sicheren Lagen des dünnen Toilettenpapiers. Wenn es eine Sache gab, vor der ich mich wirklich ekelte, dann waren es öffentliche Toiletten. Und wenn es etwas gab, wovor ich mich noch mehr ekelte, waren es öffentliche Toiletten im Club. Das wurde mir sofort klar. Hier achtete keiner mehr darauf, wohin er das benutzte Toilettenpapier warf und ob er beim Pinkeln im Stehen auch wirklich in die Schüssel traf. Als mir das bewusstwurde, formte ich aus dem ausgelegten Toilettenpapier einen Ball, versenkte ihn im Klo und erledigte mein Geschäft im Stehen. Mit Stolz stellte ich fest, dass ich mich trotz des Alkohols und der Aufregung unter Kontrolle hatte und das Ziel nicht verfehlte.

Nach dem Spülen klappte ich den Klodeckel hinunter und setzte mich mit einem leisen Seufzen. Meine Beine kribbelten und ich fühlte mich seltsam aufgedunsen. Fast wie ein Ballon, in den man zu viel Luft gepustet hatte. Zumindest war der Druck in meinem unteren Bauch Geschichte.

Ich zog mein Handy aus der Hosentasche und verspürte ein warmes Gefühl, als ich die Geburtstagsgrüße sah, die ich schon jetzt erhalten hatte. Roman war der Erste. Das wunderte mich nicht. Pünktlich um 0 Uhr kam von ihm eine lange Sprachnachricht. Das machten wir immer so, wenn einer von uns Geburtstag hatte. Er sang das schrägste und schlechteste *Happy Birthday* aller Zeiten, doch ich freute mich sehr. Ich bedankte mich und schickte ihm ein Foto von der beschmierten und mit unzähligen Stickern beklebten Toilettentür. Darunter schrieb ich in Großbuchstaben: *RATE MAL WO ICH GERADE BIN!*

Dann klickte ich auf den Chat meiner Mutter. Sie hatte mir drei Nachrichten geschrieben.

20:39
Weißt du schon, wann du Zuhause bist?

21:43
Ich möchte nicht nerven, aber es wäre schön, nochmal von dir zu hören. Bist du noch mit Roman unterwegs?

00:07
Herzlichen Glückwunsch mein Schatz! Nun bist du also wirklich erwachsen…wie schnell die Zeit vergeht! Ich versuche, mir keine Sorgen zu machen, okay? Ich hoffe, du hast Spaß! Schreib mir bitte trotzdem, wenn du das liest!

Ich seufzte erneut. Meine Mutter. Sie sorgte sich. Wie immer. Ich war erwachsen. Sie hatte es selbst gesagt. Trotzdem wollte ich ihr keine schlaflose Nacht bescheren und antwortete knapp, dass ich bei Roman übernachtete und morgen früh nach Hause kam.

Erledigt.

Gerade, als ich mein Handy wegstecken wollte, erhielt ich eine Antwort von meinem besten Freund.

00:41
Bist du feiern? OHNE MICH?

Kurz fühlte ich mich schuldig, doch schon wenig später verschwand das Gefühl wieder. Roman würde mich niemals für das verurteilen, was ich in dieser Nacht ohne ihn erlebte. Ich antwortete.

00:44
Lange Geschichte. Ich erzähle dir morgen alles. Danke nochmal für die Liste. Ein paar Sachen kann ich nach dieser Nacht vielleicht schon abhaken…mal sehen.

Ich grinste in mich hinein. Roman würde ungeduldig auf Neuigkeiten warten. Die würde er morgen hören. Erst einmal musste die Geschichte weitergeschrieben werden, die ich ihm erzählen wollte.

Ich stand auf und stützte mich kurz an der Wand ab. Mein Kopf schmerzte leicht und drehte sich, doch ich bekam das Gefühl schnell wieder in den Griff. Ich öffnete die Tür, ging zu den Waschbecken hinüber und schrubbte meine Hände so gründlich wie wohl noch nie zuvor. Das kalte Wasser rann über meine Handgelenke und brachte das Feuer, das den Tag und Abend über in mir entstanden war, in ein angenehmes Gleichgewicht.

Als ich aufsah und in den Spiegel blickte, stand Taavi plötzlich hinter mir.

„Hey.", meinte er und gesellte sich neben mich ans Waschbecken.

„Na.", gab ich zurück und trocknete meine Hände an einem grünen Papiertuch ab.

„Eli hat sich schon Sorgen gemacht, dass du auf dem Klo entführt wurdest oder eingeschlafen bist oder so.", Taavi lachte.

„Sieht so aus, als wäre das nicht passiert.", antwortete ich und lachte ebenfalls. War ich wirklich so lange weg?

„Na ja, wir wollen gleich weiter.", erzählte Taavi, „Deswegen wollte ich mal schauen, wo du bist. Willst du noch mitkommen?"

Ich musste nicht lange überlegen und antwortete etwas zu laut: „Klar! Was ist denn der Plan?"

Taavi sah mich an und runzelte kurz die Stirn. Dann gab er mir einen Ratschlag. Und diesen Ratschlag würde ich mein Leben lang nie wieder vergessen.

„Einfach mal treiben lassen, Teo. Das Ziel findet sich von selbst."

Kapitel neun

„Tonight - we are young!", sang Lotte ein Lied mit, das aus einer Bar schallte.

„That's true!", antwortete Eli ihr. Sie schlenderte neben mir über den nächtlich gefüllten Bürgersteig der Reeperbahn. Überall waren Menschen. Ich trat gegen eine leere Bierflasche und kickte sie aus Versehen gegen die nackten Füße eines Mannes, der am Straßenrand mit zwei anderen Männern rauchte. Er warf mir einen wütenden Blick zu und ich machte mich schon darauf gefasst, in eine Prügelei verwickelt zu werden. Doch dann lachte er, drehte sich wieder um und hatte mich bereits vergessen.

Unzählige Taxis fuhren mit rasender Geschwindigkeit an uns vorbei. Blendende Lichter verwandelten die Menschenmenge in ein mystisches, rot-grünes Durcheinander. Ich hatte das Gefühl, meinen Körper noch nie zuvor so vielen Reizen auf einmal ausgesetzt zu haben. Und doch fühlte ich mich wohl. Und sicher. Und eigentlich war mir alles egal. Das einzige was zählte war, dass ich neben Eli und begleitet von ihren Freunden durch die nächtlichen Straßen Hamburgs geschubst wurde.

„Ey, Taavi!", rief Eli ihrem Freund zu, der zusammen mit Hunter die Spitze unserer Gruppe bildete, „Biegt mal da links ab!"

Taavi drehte sich um und sah sie fragend an. Er deutete auf sein Ohr und schüttelte den Kopf.

„Links!", wiederholte Eli und deutete wild auf eine kleine Seitenstraße.

Wenig später standen wir vor einem Tattoo-Studio. Es schien noch geöffnet zu haben, obwohl die Uhr die Mitternachtsgrenze bereits weit überschritten hatte. Doch hier schlief man nicht. Niemals.

„Ähm, was wollen wir hier?", fragte Arthur und drehte sich mit in Falten gelegter Stirn zu Eli um, „Willst du dich etwa tätowieren lassen?"

Er lachte und schüttelte den Kopf. Es sollte wohl ein Scherz sein, doch als ich Eli ansah, fragte ich mich, ob er gerade doch mitten ins Schwarze getroffen hatte.

„Deine Tradition?", mischte sich Miriam ein und streckte einen Daumen in die Höhe, „Du bist echt verrückt. Und deswegen liebe ich dich."

„Was für eine Tradition?", erkundigte ich mich interessiert. Ich betrachtete das etwas heruntergekommen wirkende Tattoo-Studio und die Bilder von bunten, in die Haut gestochenen Kunstwerken, mit denen die Fenster beklebt waren.

„Das würde mich jetzt auch mal interessieren.", stimmte Taavi mir zu.

„Ist keine große Sache, Leute.", winkte Eli ab, „Ich liebe Erinnerungen. Weil schöne Dinge vergehen. Man kann sie nicht festhalten, doch man kann Verbindungen herstellen, die dafür sorgen, dass diese schönen Momente nie ganz verschwinden."

„Du sprichst in Rätseln.", meinte Hunter. Lotte trat ihm auf den Fuß, legte den Zeigefinger an die Lippen und wandte sich dann an Eli: „Das hast du sehr schön gesagt."

„Ich weiß auch nicht mehr, wie ich damals darauf gekommen bin. Aber immer, wenn ich einen besonders schönen Tag erlebt habe, den ich nicht vergessen möchte, lasse ich mir das Datum tätowieren. Ganz klein und unauffällig. Nur für mich. Damit ich diesen Tag für immer bei mir trage.", erklärte sie und mir wurde bei ihren Worten ganz warm ums Herz. Dafür gab es zwei Gründe.

Erstens: Eli schien eine Person mit unglaublicher Tiefe zu sein. Sie hatte eine sensible Seite an sich. Nach außen hin wirkte sie stark und selbstbewusst, doch sie nahm die Welt ganz bewusst und auf ihre eigene Art und Weise wahr. Sie war eine dankende und ehrliche Person. Ich meine, Eli war einfach toll. Und einzigartig. Wie konnte ein Mensch, der sich spontan mitten in der Nacht auf dem Hamburger Kiez das Datum des vergangenen Tages tätowieren ließ, nicht toll und einzigartig sein?

Zweitens - und das ließ mein Herz noch viel schneller schlagen - stellte ich mir die Frage: War ich einer der Gründe, warum dieser Tag für sie etwas ganz Besonderes war? So besonders, dass sie ihn für immer auf ihrer Haut tragen wollte? Für jeden sichtbar. Wie ein Geständnis? Wie eine Liebeserklärung an das Leben?

„Dein Ernst?", fragte Arthur und sah Eli entgeistert an. Es wunderte mich, dass anscheinend niemand außer Miriam etwas von dieser Tradition, wie sie es nannte, wusste.

„Ja, mein Ernst.", bestätigte Eli und streckte die Brust raus.

„Und? Wie viele Daten hast du schon auf dir verewigt?", wollte Taavi wissen.

„Fünf.", antwortete Eli, „Heute kommt das sechste hinzu."

„Weißt du, das ist so eine coole Idee, dass ich auch drüber nachdenke, das mal auszuprobieren.", meinte Lotte und strahlte über das ganze Gesicht. Hunter sah sie von der Seite an.

„Überlege dir das lieber in Ruhe.", riet er ihr und streichelte ihr über die roten Haare, „Du bist betrunken."

„Ich bin spontan!", wehrte Lotte ab, „Aber betrunken bin ich auch."

„Wo…wo sind denn die Tattoos?", fragte ich vorsichtig. Die ganzen Stunden über war mir kein einziges an ihrem Körper aufgefallen. Und die knappe Sommerkleidung verdeckte nicht viel Haut. Außerdem - und gerade aufgrund der nur wenig vorhandenen Kleidung - hatte ich den Abend über jeden Zentimeter an Elis Körper ganz genau betrachtet. Es war schwer, meinen Blick von ihrer zarten, porzellanartigen Haut zu wenden.

„Das wüsstest du wohl gerne, was?", Arthur lachte als Reaktion auf meine Frage und auch Taavi schmunzelte. Bevor ich etwas sagen konnte, antwortete Eli: „An der Fußsohle."

„Okay.", die einzige Reaktion kam von Hunter. Ich fragte mich, warum sie sich ausgerechnet diese Stelle ausgesucht hatte. Als hätte sie meine Gedanken gelesen, antwortete sie: „Es ist vielleicht nicht die typische Stelle, an der man sich tätowieren lässt. Aber es passt zu meinen Überlegungen hinter dem Ganzen. Mit jedem Schritt trage ich meine Erinnerungen mit mir. Und mit jedem Schritt schaffe ich neue Erinnerungen, die vielleicht bald als Datum auf meiner Haut verewigt werden. Außerdem ist die Stelle nicht direkt für jeden sichtbar. Es ist etwas, das ich für mich tue. Und nicht, um damit Aufmerksamkeit zu erregen."

„Verstehe.", meinte Lotte und nickte.

„Ich find's so cool. Ehrlich, Eli.", Miriam lächelte ihre Freundin an.

„Danke.", antwortete sie.

„Und du bist dir sicher, dass der um die Uhrzeit noch arbeitet?", Arthur deutete skeptisch auf den glatzköpfigen Tätowierer, der in dem kleinen Studio hinter einem Tresen saß und auf seinem Handy herumtippte.

„Sieht doch so aus, oder?", entgegnete Eli, „Außerdem habe ich mich erkundigt."

„Also wusstest du schon vorher, dass diese Nacht legendär wird?", fragte Arthur lachend.

„Ich habe es gehofft.", antwortete Eli.

„Na dann…", murmelte Hunter.

„Es dauert nicht lange. So ein kleines Tattoo zu stechen geht schnell. Wollte ihr in der Zwischenzeit eine kleine Stärkung besorgen?", fragte Eli in die Runde.

„Ja! Gerne!", meldete sich Lotte zu Wort, „Ich habe Hunger!"

„Na dann sollten wir dir wohl schnell was besorgen, Baby.", meinte Hunter und drückte seiner Freundin einen Kuss auf die Stirn.

„Kiosk und dann Burger King?", stellte Taavi seinen einfallsreichen Plan vor.

„Perfekt.", meinte Arthur und wandte sich dann an Eli, „Treffen in 30 Minuten? Reicht das?"

„Ich denke ja.", antwortete sie und warf erneut einen Blick ins Innere des Studios, „Der Typ sieht nicht gerade aus, als hätte er viel zu tun."

„Okay, dann bis gleich.", Lotte winkte Eli zu und marschierte los in die Richtung, aus der wir gekommen waren. Einen Moment lang stand ich unschlüssig da und wusste nicht, ob ich mich der Gruppe anschließen oder bei Eli bleiben sollte. Auch Miriam stand noch bei uns und sah zwischen Eli und mir hin und her.

„Hältst du für mich ihre Hand?", wandte sie sich an mich, „Ich bin zwar nicht tätowiert, aber ich kann mir vorstellen, dass es wehtut."

Eli schmunzelte.

„Ich würde ja auch bei dir bleiben…", setzte Miriam erneut an, „Aber ich will mir bei Burger King selbst was bestellen. Du weißt schon, glutenfrei, vegetarisch und so. Das kriegen die anderen bestimmt nicht auf die Reihe. Also, bis gleich! Pass gut auf sie auf, Matteo!"

Das Ganze hörte sich wie eine billige Ausrede an. Hatte Miriam sich das mit Absicht überlegt, um uns beide alleine zu lassen? Ich wusste nicht, was ihre wahren Absichten waren, doch ich war ihr in dem Moment sehr dankbar. Ich mochte Elis Freunde. Wirklich. Doch noch mehr mochte ich den Gedanken, dass ich die nächste halbe Stunde mit ihr alleine verbrachte.

„Moin ihr beiden.", begrüßte uns der Tätowierer, als ich neben Eli das schäbige Studio betrat. Es roch nach Desinfektionsmittel und als ich die alten grünen Liegen entdeckte, auf denen sicher schon hunderte Tattoos gestochen wurden, kam ich mir vor wie beim Zahnarzt. Ich schluckte. Zum Glück war ich nicht derjenige, der hier Schmerzen zu befürchten hatte.

Eli wirkte jedoch keineswegs nervös oder ängstlich. Lächelnd trat sie an den Tresen und begrüßte den glatzköpfigen Tätowierer: „Guten Tag. Oder eher gute Nacht."

Der Tätowierer lachte. Ich musterte ihn von oben bis unten und musste an das Gespräch mit Flora über Vorurteile denken. Ich wollte nicht über andere Menschen urteilen oder bestimmte Vorstellungen von ihnen haben. Allerdings konnte ich nicht anders, als mir bei einem Tätowierer einen breiten und muskulösen Mann mit Glatze und vollem Bart vorzustellen, der selbst von oben bis unten tätowiert war. Leider war es eben so, dass sich Vorurteile gelegentlich bewahrheiteten und dadurch als allgemeingültig angesehen wurden. So war es mit dem Mann, der hinter dem Tresen saß und sich nachdenklich am behaarten Kinn kratzte. Seine Arme leuchteten in den verschiedensten Farben und schienen ganze Romane zu erzählen.

„Was kann ich denn für euch tun?", fragte er, erhob sich von seinem Holzhocker und schüttelte erst Eli und dann mir die Hand. An seinem weißen T-Shirt war ein kleines Schild befestigt, auf dem sein Name stand. David.

„Ich hätte gerne ein kleines Tattoo. An der Fußsohle. Ein Datum.", erklärte Eli. David räusperte sich sah zwischen uns hin und her. „Jahrestag?", fragte er und lachte wieder. Auch Eli kicherte und ich merkte, wie mir die Röte in die Wangen stieg. Fast hätte ich *Leider nicht* geantwortet, konnte mich aber im letzten Moment noch zurückhalten.

„Nein nein. Wir sind nur Freunde.", winkte Eli ab, aber ihre Antwort gefiel mir trotzdem, „Aber es war ein schöner Tag."

„Na dann.", meinte David, „Die Jugend von heute. Spontan. Verrückt. Ich mag's. Bist du denn schon achtzehn, Kleine?"

Ich fragte mich, was bei der Bezeichnung *Kleine* in Eli vorging. Ich persönlich würde mich angegriffen fühlen. Doch sie zog lässig ihren Ausweis aus dem Portemonnaie und hielt sie David unter die Nase.

„Amerika…", murmelte er, während seine Augen über die kleine Karte huschten. Ich runzelte die Stirn und sah Eli von der Seite an. Amerika?

Sie zuckte mit den Schultern und fragte David: „Können wir anfangen?"

„Klar. Setzt euch kurz und ich mache alles bereit.", antwortete er, kam hinter seinem Tresen hervor und deutete auf zwei Stühle, die neben einem Kleiderständer standen, „Glück gehabt. Ich denke, ich hätte den Laden bald geschlossen. Manchmal ist hier wirklich viel los. Viele Betrunkene. Ich frage eigentlich nicht nach, aber man merkt das doch, oder? Ihr kennt das sicher. Ist schon lustig, was man hier alles so erlebt. Manchmal bin ich echt müde, aber nachts zu arbeiten für die Geschichten, die man hier auf dem Kiez erlebt, das kann ich nur jedem empfehlen. Wie viele Junggesellenabschiede sich schon in mein kleines Studio verlaufen haben…"

David erzählte ununterbrochen, während er eine der Liegen mit Plastikfolie und Papier auslegte und verschiedene Instrumente bereitlegte. Irgendwann hörte ich auf, zuzuhören. Eli saß neben mir. Sie hatte ihre Hände auf die Oberschenkel gelegt. An ihren Fingern strahlten die zarten Ringe um die Wette. Ihre schwarzen Haare fielen ihr ins Gesicht. Sie erinnerte mich in dem Moment an eine ägyptische Göttin.

„Nervös?", fragte ich, als ich ihre ununterbrochen wippenden Beine bemerkte.

Eli räusperte sich: „Nicht wirklich. Ein bisschen. Aber eher gesagt freue ich mich. Irgendwann wenn ich alt bin, kann ich mich barfuß auf einen Steg setzen. Wenn ich hinunterschaue, sehe ich, wie sich meine Füße im Wasser spiegeln. Und ich sehe alle Tage vor mir, die mir etwas bedeutet haben. Als würde ich mein Leben noch einmal von vorne leben und mich dabei nur auf die guten Dinge konzentrieren. Alles Schlechte weglassen."

„Das klingt nach einem wunderbaren Plan.", sagte ich lächelnd. Ich hätte ihr gerne den Arm um die Schultern oder meine Hand auf ihr Bein gelegt. Doch ich traute mich nicht. Es kam mir nicht wie der richtige Moment vor. Vor weniger als einer Stunde hatte ich noch ihm Club mit ihr getanzt. Körper an Körper. Ich hatte ihren Atem an meinem Ohr gespürt. Es war wie eine Sucht. Ich konnte gar nicht anders, als mich ihr zu nähern. Doch in diesem Moment, in dem sterilen, hell erleuchteten Tattoo-Studio war der Rausch zu Ende. Oder er war unterbrochen. Oder mein Körper hatte bereits eine gewisse

Menge des Alkohols abgebaut, der zu meinem Mut bei-
getragen hatte.

„Hm.", machte ich, während ich nachdachte.

„Was ist?", wollte Eli wissen.

„Ich überlege nur, wie man herausfindet, welcher Tag
es wert ist, für immer auf der eigenen Haut verewigt zu
werden. Ich meine, es gibt viele gute Tage. Sehr viele.",
teilte ich meine Gedanken.

„Das spürt man einfach. Ich habe es im Gefühl. Weißt,
du es müssen nicht immer unglaublich aufregende Dinge
passieren, die einen Tag oder das Leben im Allgemeinen
besonders machen. Manchmal ist es ein Satz, manchmal
ein Buch, das man liest, manchmal ein guter Kaffee, den
man in der Sonne trinkt. Es kommt auf das Gefühl an,
verstehst du? Heute war es für mich das Beisammensein
mit Menschen, die mir wichtig sind. Die mir viel bedeuten, auch, wenn sie manchmal ganz weit weg sind. Der
Sommer. Diese Stadt. Ich habe mich frei gefühlt. Und lebendig. Und deswegen finde ich, dass es dieser Tag wert
ist, für immer auf meiner Haut zu stehen.", beendete Eli
ihre kleine Rede entschlossen und lächelte mir zu, „Und
dass du mir meinen Ohrring zurückgebracht hast und ich
dadurch einen echt coolen Typen kennengelernt habe,
kommt natürlich auch dazu. Viele Menschen glauben
nicht an Schicksal. Ich schon. Und heute habe ich ganz
besonders stark gespürt, dass man das Schicksal und das
Leben einfach mal ihr Ding machen lassen sollte. Dann
wird es schon gut."

Bei jedem Satz nickte ich. Eli schien sich mir immer
mehr zu öffnen. Sie gab immer mehr von sich preis und

ließ mich an ihren Werten und Vorstellungen teilhaben. Ich sog jeden Satz in mich auf - war erfüllt von ihren Worten. Und ich konnte nichts anderes entgegnen, als: „Du bist wirklich einzigartig."

Nachdem ich diese Worte gesagt hatte, wunderte ich mich über mich selbst. Über die Bedeutung des Satzes. Über meinen Mut. Und ich war erschrocken.

„Danke.", Eli schien sich wirklich über das Kompliment zu freuen. Ich atmete erleichtert aus.

„So, ihr Turteltauben. Ich wäre dann soweit."

Eli und ich grinsten uns an, dann gesellten wir uns zu David und Eli nahm auf der grünen Liege Platz.

„Okay. Du willst also das Datum des vergangenen Tages auf der Fußsohle tragen?", vergewisserte David sich und sie nickte, während sie ihren Schuh auszog. Ihre Fußnägel waren in einem dunklen Blau lackiert, das mich an den Sternenhimmel des Sommers erinnerte. Der nie ganz schwarz wurde. Ein winziger Rest des Tageslichts war immer vorhanden.

Als Eli ihren Fuß umdrehte, sah ich fünf kleine Schriftzüge, die willkürlich auf der Haut platziert wurden. Sie waren unterschiedlich groß und bestanden aus verschiedenen Schriftarten, woran man erkennen konnte, dass sie nacheinander entstanden sind und wahrscheinlich nicht von demselben Tätowierer gestochen wurden.

„So etwas habe ich wirklich noch nie gesehen.", bemerkte David lachend, „Diese Geschichte werde ich auf jeden Fall im Gedächtnis behalten und andere Kunden damit inspirieren."

Eli lachte verlegen und gab ihm ein paar Anweisungen bezüglich der Größe des Tattoos, der Platzierung sowie der Schriftart. Ich hörte aufmerksam zu und merkte, wie sich ein kribbeliges Gefühl in mir breitmachte. Vielleicht war ich sogar aufgeregter als Eli selbst.

„In Ordnung.", meinte David und begann, mit einem Stift das zukünftige Tattoo auf Elis ausgestreckten Fuß zu schreiben, „Der 13. August 2021…"

Wenig später nahm David eine kleine Maschine zur Hand, die mich erneut an eine Sitzung beim Zahnarzt erinnerte. Mit einem letzten Blick auf Eli fragte David: „Ganz sicher?"

Als sie entschlossen nickte, setzte er die Nadel an und ein surrendes Geräusch ertönte. Eli zuckte leicht zusammen und ich sah ihr am Gesicht an, dass sie schon angenehmere Situationen erlebt hatte.

„Alles in Ordnung?", erkundigte ich mich und fühlte mich etwas fehl am Platz.

„Klar.", antwortete Eli mit knirschenden Zähnen.

„Es dauert nicht lange.", kam es von David, der konzentriert auf ihren Fuß starrte.

Einige Minuten vergingen, die sich anfühlten wie eine Ewigkeit. Gerne würde ich ihr gut zureden, sie ablenken. Doch ich wusste mal wieder nicht wie.

„Autsch!", stieß Eli plötzlich aus und ihre Hand ergriff meine, die ich neben ihr auf der Liege abgelegt hatte. Ihr Griff war fest und sie kniff kurz die Augen zusammen. Ich merkte, wie meine Hand zu schwitzen begann und wie sich mein Schweiß mit ihrem vermischte. Mir wurde heiß und kalt gleichzeitig.

Ich hielt Elis Hand!

„So, das war's auch schon.", riss mich David aus meinem Meer aus Glücksgefühlen. Eli atmete erleichtert aus. Ich festigte meinen Griff für einen Moment. Es war ein leises Zeichen der Anerkennung für Elis Mut. Und ein Zeichen, dass ich bei ihr war.

„Danke.", meinte sie und ich wusste nicht, ob sie David oder mich meinte.

Bevor David Elis Fuß mit einer kühlenden Creme und einer schützenden Folie versorgte, durften wir uns das Kunstwerk ansehen. Auf der weichen Haut zwischen Ballen und Ferse stand gut leserlich das Datum des vergangenen Tages, umgeben von fünf weiteren Daten.

„Perfekt.", sagte Eli und strahlte über das ganze Gesicht.

„Jetzt wirst du die letzten Stunden nie wieder vergessen.", murmelte ich und betrachtete lächelnd die kleinen Ziffern, die mit schwarzer Farbe in Elis Haut gestochen wurden.

„Da hast du recht.", sie zwinkerte mir zu.

Während Eli bezahlte, gab David ihr noch einige Anweisungen, was sie in den nächsten Tagen und Wochen zu beachten hatte und wie sie das frisch gestochene Tattoo pflegen konnte. Wir hatten gerade vor, das Studio zu verlassen, da wandte sich David an mich: „Hey, willst du nicht auch eine kleine Erinnerung an den vergangenen Tag haben? Ich weiß ja nicht, was ihr erlebt habt, aber anscheinend war es etwas ganz Besonderes."

Ich erstarrte und sah David mit großen Augen an.

„Ähm. Ich denke eher nicht.", antwortete ich und lachte verlegen, „Da muss ich erst mal eine Weile drüber nachdenken."

„Das sagen sie alle. Und einen Tag später kommen sie wieder, weil sie genug nachgedacht haben. Aber ich will dich ja nicht drängen. Was, Kleiner?", David lachte wieder und seine laute Stimme bohrte sich in mein Gehör.

„Ich bin mir sicher, er kommt wieder.", meinte Eli und boxte mir leicht gegen die Schulter.

„Ich überlege es mir.", versprach ich und war froh, als Eli und ich uns zum Ausgang umdrehten.

„Wenn es soweit ist, weißt du ja, wo du mich findest!", rief David uns hinterher, „Und bring deine Freundin wieder mit!"

David lachte, Eli schüttelte den Kopf und ich atmete erleichtert die frische Nachtluft ein, als wir das Studio verließen.

Kapitel zehn

„Hast du es echt gemacht?", rief Lotte uns schon von Weitem entgegen, als wir beim ausgemachten Treffpunkt ankamen. Eli hatte sich auf meine Schulter gestützt, damit sie ihren Fuß entlasten konnte. Ich hatte natürlich nichts dagegen, ihr behilflich zu sein. Ganz im Gegenteil.

„Natürlich habe ich es wirklich gemacht!", bestätigte Eli.

„Zeig mal!", forderte Miriam und deutete interessiert auf ihren Fuß. Sie hatte den Schuh nur übergestülpt und die Schnürsenkel nicht festgebunden, damit kein Druck auf die tätowierte Haut ausgeübt wurde.

„Nein, nicht hier.", antwortete Eli und betrachtete skeptisch den Bürgersteig, „Ich will nicht wissen, was sich alles auf dem Boden des Hamburger Kiezes befindet. Da sind Kotze und Glasscherben noch harmlos, denke ich."

„Da hast du wahrscheinlich recht.", stimmte Hunter ihr zu, „Morgen würde dir bestimmt der Fuß abfallen, wenn du den Boden berührst."

Lotte kicherte und wandte sich dann an Eli: „Kannst du mit dem Fuß jetzt überhaupt noch laufen?"

„Ein paar Meter schon. Aber eigentlich sollte ich ihn jetzt schonen.", erklärte Eli.

Lotte nickte: „Ich denke, wir haben für heute sowieso genug getanzt, oder?"

Niemand legte Widerspruch ein und sie sprach weiter: „Ich habe Lust auf Wasser und Strand. Ihr auch?"

Auch dieses Mal gab es keinen Protest.

„Milchshakes, Pommer, Burger und Strand? Das hört sich gut an!", meldete sich Taavi zu Wort und hielt zwei prall gefüllte Burger-King-Tüten in die Luft, aus denen es verführerisch duftete. Außerdem stellte ich mit einem Blick auf den großen Bierkasten, der neben ihm stand, fest, dass unser Alkoholvorrat wieder aufgefüllt wurde. Das war wohl die Ausbeute der nächtlichen Einkaufs-möglichkeiten des Hamburger Kiezes.

„Ich hole uns ein Sammeltaxi.", schlug Arthur vor und tippte auf seinem Handy herum. Mir gefiel die Aussicht auf den weiteren Verlauf der Nacht. Ich merkte, wie sich meine Beine nach dem vielen Tanzen müde und zittrig anfühlten. Außerdem liebte ich den Elbstrand. Das war meiner Meinung nach einer der bedeutendsten Vorteile am Leben in Hamburg. Man hatte die Großstadt direkt vor der Haustür; alles was man brauchte. Doch wenn man eine Auszeit von all dem Trubel brauchte, war auch der Strand nicht weit entfernt.

„Okay, danke.", sprach Arthur in sein Handy, „Dann bis gleich."

Er legte auf und sah mit einem zufriedenen Blick in die Runde: „Es sollte nicht länger als fünf Minuten dauern."

„Perfekt.", sagte Eli und streckte einen Daumen in die Luft. Sie legte humpelnd ein paar Meter zurück und lehnte sich an eine der Straßenlaternen. Ich fragte mich, warum es in diesen Straßen Hamburgs überhaupt welche gab. Am Tag reichte das Sonnenlicht aus und in der Nacht machten die bunten Lichter der Clubs und Bars die Laternen überflüssig.

Gefolgt von Miriam und Taavi gesellte ich mich zu Eli.

„Tut's weh?", fragte ich.

„Alles gut. Nicht wild.", antwortete sie.

„Willst du noch ein Bier? Alkohol wirkt Wunder bei Schmerzen. Früher, als es noch keine Betäubungsmittel gab…", Taavi kam nicht dazu, seine Geschichte fortzusetzen, weil Eli ihn unterbrach.

„Was die Menschen damals durchgemacht haben, will ich mir gar nicht vorstellen. Aber nein, danke, das schaffe ich auch ohne weiteren Alkohol. Ich freue mich gleich eher auf einen kühlen Milchshake."

„Zur Feier des Tages haben wir dir einen großen bestellt. Wir anderen haben nur kleine.", erzählte Lotte und klang dabei, als hätten Elis Freunde ihr soeben eine Villa in New York gekauft.

„Das ist aber sehr großzügig von euch.", meinte Eli lachend.

Einige Sekunden herrschte Stille, dann fragte Taavi erneut scherzhaft: „Wirklich kein Bier?"

Eli boxte ihn in die Seite, doch sie lachte. „Willst du mich zur Alkoholikerin machen, oder was?"

„Nein, nein!", wehrte Taavi ab und hielt die Burger-King-Tüten schützend vor seinen Körper.

„Weißt du, Taavi, ich glaube, Eli hatte beim Stechen des Tattoos viel bessere Medizin, als dein blödes Bier.", warf Miriam ein und warf mir einen verschwörerischen Blick zu. Ich streckte die Brust heraus und antwortete: „Klar, ich bin natürlich die beste Medizin."

Wir lachten. Vor allem Eli. Dann hielt neben uns am Straßenrand ein Taxi.

„Reisegruppe B!", rief Arthur laut und streckte winkend eine Hand in die Höhe, „Auf zum Elbstrand!"

Wenige Minuten später saß in der Mitte der hinteren Reihe des Sammeltaxis. Neben mir saßen Lotte und Taavi und vor uns die anderen. Es war stickig in dem engen Taxi, doch ich genoss das Sitzen - die kurze Pause. Ich konnte einen Moment durchatmen und versuchen, zu verstehen, was in dieser Nacht bereits alles passiert war. Ich hatte das Gefühl, die letzten Stunden bedeutete mehr, als das gesamte vergangene Jahr.

Ich sah aus dem Fenster. Bäume zischten an uns vorbei. Große Häuser, die im Sonnenlicht schneeweiß und in der Nacht in das gelbliche Licht der Straßenlaternen getaucht waren. Hinter ihnen lag die Elbe. Der breite Fluss, der quer durch Hamburg verlief und dessen Ufer unzählige schöne Plätze zum Verweilen bot. Auf der Wasseroberfläche spiegelten sich die Lichter des Hamburger Hafens, der nie schlief. Bereits am Tag war die Aussicht von der Elbchaussee aus einmalig. Doch die Nacht verlieh dem Ganzen eine besondere Atmosphäre. Eine andere Perspektive. Alles wirkte viel ruhiger. Geheimnisvoller. Leuchtender, obwohl es dunkel war.

„Nächster Halt: Blankenese!", rief Hunter von vorne.

Das Sammeltaxi hielt kurz, um weitere Personen mitzunehmen, die am Straßenrand warteten. Es handelte sich um zwei junge Frauen, die laut lachend in der vorderen Reihe Platz nahmen. Im Gepäck hatten sie zwei Flaschen Sekt, eine nicht mehr ganz pralle Luftmatratze und eine Musikbox, aus der schlechter Schlager tönte.

Für einen Moment fragte ich mich, ob wir uns verfahren und auf magische Weise auf Mallorca gelandet waren. Es würde mich nicht wundern, wenn die beiden Frauen das gleiche Ziel hatten wie wir.

Das Taxi schlängelte sich durch einige schmale Straßen, für die der Hamburger Stadtteil Blankenese bekannt war und hielt schließlich an der Strandpromenade. Wir kramten in unseren Hosentaschen und Portemonnaies und legten all unser Kleingeld zusammen. Mit etwas Glück und zwanzig Cent Trinkgeld für den Fahrer reichten unsere Ersparnisse aus und wir sprangen aus dem engen Taxi.

„Ciao!", riefen die zwei jungen Frauen, winkten uns zu und verschwanden kichernd in Richtung Strand. Der Blick, den Arthur den beiden hinterherwarf, war nicht zu übersehen.

„Dann mal los!", er klang motiviert und folgte ihnen. Ich schloss einen Moment die Augen und sog die frische Luft ein. Es wehte eine leichte Brise und die Luft roch unverkennbar nach See.

„Haben wir alles?", fragte Miriam und warf noch einen Blick ins Taxi. Als sie Taavi mit den beiden fettigen Tüten sah, machte sich ein Lächeln auf ihrem Gesicht breit. Alles, was sie brauchte, war wohl da. Mit einem kräftigen Schwung schmiss sie die Tür des Taxis zu und folgte den anderen, die es zum Wasser zog. Ich warf Eli einen auffordernden Blick zu. Sie nickte und hakte sich bei mir unter. Etwas langsamer folgten wir ihren Freunden und erreichten schließlich den Strand.

„Die Elbe…", murmelte Eli.

„Ja.", meinte ich und nickte zufrieden.

„Wasser und Strand quasi direkt vor der Haustür zu haben, ist schon eine gute Sache.", stellte sie fest und sah sehnsuchtsvoll zum dunklen Wasser, in dem sich der Mond und die Sterne spiegelten.

„Einer der größten Vorteile Hamburgs.", erinnerte ich mich an meinen Gedankengang.

„Da hast du wohl recht.", stimmte Eli mir zu.

Nach wenigen Minuten erreichten wir ihre Freunde, die bereits ein kleines Lager im Sand aufgeschlagen hatten. Sie saßen im Sand und packten ihre kalorienreichen Schätze aus.

„Hier.", meinte Miriam und reichte Eli einen großen Vanille-Milchshake. Ich nahm ihn ihr ab, damit sie sich neben ihre Freundin setzen konnte. Dann gesellte ich mich zu den beiden und Eli riss mir ihr kaltes Getränk förmlich aus der Hand.

„Hm.", machte sie, als sie die ersten Schlucke nahm, „Das brauchte ich jetzt."

„Schoko oder Erdbeere?", wandte sich Miriam an mich und hielt die letzten beiden Shakes in die Höhe, „Ich mag beide. Also suche dir einen aus."

Ich griff nach dem Schoko-Shake und genoss die Süße, die sich in meinem trockenen Mund ausbreitete.

Einen Moment lang saßen wir schweigend nebeneinander und füllten unsere Bäuche mit dem Fast Food.

„Ey, Eli, das erinnert dich doch bestimmt an Zuhause, oder?", rief Arthur.

Sie lachte. Und ich war ein weiteres Mal an diesem Abend verwirrt. Wieso sollten Pommes und Burger sie mehr an ihr Zuhause erinnern, als mich, Miriam oder die anderen?

„Ja, schon irgendwie.", antwortete Eli und steckte sich die mittlerweile labbrigen Pommes in den Mund.

„Willst du noch?", fragte sie und hielt mir die halb leere Packung unter die Nase. Ich schüttelte den Kopf. Sollte ich sie darauf ansprechen, was mir im Kopf herumgeisterte?

Doch ich entschied mich dagegen.

Die Antwort sollte ich früh genug erfahren.

Als wir aufgegessen hatten und die Plastikbecher der Milchshakes leer waren, sammelten wir den Müll in den beiden großen Tüten und Taavi opferte sich, die zehn Meter bis zum nächsten Mülleimer auf sich zu nehmen.

„Ach, ich liebe den Sommer.", sagte Lotte und ließ sich seufzend in den Sand fallen, „Warum kann es nicht immer so sein? Sonne, Wärme, Eis? Nächte am Strand? Genau wie jetzt?"

„Sei froh, dass es den Winter gibt.", warf Hunter ein und legte sich neben sie, „Immerhin haben wir uns beim Schlittschuhlaufen kennengelernt."

„Das stimmt natürlich.", überlegte Lotte, „Aber ich bin mir sicher, wir wären uns auch auf anderen Wegen begegnet. Vielleicht dann beim Rollschuhfahren. Oder beim Skaten?"

„Kann schon sein.", murmelte Hunter neben ihr und balancierte eine Bierflasche auf seiner Brust. Lotte schnappte sie sich, trank einen großen Schluck und stellte sie neben sich in den Sand. Hunter lachte kurz, dann öffnete er eine weitere und kippte den Inhalt ohne abzusetzen hinunter. Lotte murmelte etwas, das sich anhörte wie *Angeber*.

„Gib uns auch noch welche rüber!", meldete sich Taavi, der von seinem kleinen Ausflug zurückgekehrt war und sich neben mich setzte. Hunter öffnete eine Flasche nach der anderen und Taavi verteilte sie ohne zu fragen an Eli, Miriam und mich.

„Um in euer Gesprächsthema einzusteigen.", sagte Taavi, „Ich hätte auch nichts gegen den ewigen Sommer."

„Hat alles seine Vor- und Nachteile.", warf Eli ein.

„Also mir fällt kein einziger Vorteil ein, den der Winter bietet.", entgegnete Lotte.

„Alles hat seine Berechtigung. Man muss halt das Beste draus machen.", antwortete Eli.

„Vorfreude ist die beste Freude, meine Lieben. Sagt man doch so, oder?", meldete sich Arthur, „Freut euch *über* den Sommer, wenn er da ist. Das restliche Jahr könnt ihr euch *auf* ihn freuen."

„Weise Worte.", Taavi lachte.

„Harte Schale, weicher Kern.", seufzte Miriam.

„An jedem Sprichwort ist halt was Wahres dran.", Arthur zuckte die Schultern und zündete sich eine Zigarette an.

Kapitel elf

„Hey, was geht denn da ab?", fragte Hunter und setzte sich auf. Wir alle hatten eine Weile unseren eigenen Gedanken nachgehangen, während eine leere Bierflasche nach der anderen im kühlen Sand landete. Mittlerweile hatte sich ein richtiger Haufen gebildet.

Seit einigen Minuten wurde das Rauschen des Wassers durch entfernte Musik durchbrochen. Der Wind wehte Gitarrenklänge zu uns herüber. Hunters Aufmerksamkeit wurde erregt, als sich laute Rufe und kreischende Gesänge hinzugesellten.

„Hört sich nach Spaß an.", stellte ich fest und sah mich in alle Richtungen um. Hinter uns erstreckten sich Häuser mit kleinen, verwunschenen Gärten. Es fuhren keine Autos mehr und nur vereinzelt kamen leise murmelnde Menschen vorbei, die wohl auf dem Weg nach Hause waren. Links sah ich in der Ferne die hellen Lichter des Hafens. Rechts konnte ich in einiger Entfernung den kleinen Leuchtturm erkennen, zu dem ich mit meinen Eltern schon einige Male spaziert war. In seiner Nähe flackerte etwas auf der weiten Sandfläche. Es sah aus wie ein Lagerfeuer.

„Spaß haben die bestimmt.", stimmte mir Arthur zu, „Sollen wir mal vorbeigucken?"

„Hm.", machte Miriam und schien zu überlegen, „Ich bin mir nicht sicher. Die wollen bestimmt unter sich sein."

Obwohl normalerweise ich der Schüchterne war, der nur mit viel Mühe auf andere Personen zugehen konnte, klang die Aussicht auf ein gemütliches Lagerfeuer sehr verlockend.

„Ach, das glaube ich nicht. Auf unsere Gesellschaft verzichtet doch niemand freiwillig.", erwiderte Arthur und versenkte seinen Zigarettenstummel im Sand. Ich verkniff mir eine bissige Bemerkung über die Verbindung zwischen der Umweltverschmutzung und faulen Rauchern.

„Da hat er recht.", stimmte Lotte zu, „Wir können doch einfach mal gucken, was da abgeht."

Hunter nickte und sah fragend in die Runde. Eli nickte ebenfalls und rappelte sich auf. Dieses Mal stützte sie sich auf Miriam und ich ging mit den anderen voran in Richtung der Stimmen. Je näher wir kamen, desto lauter wurden sie. Nach einigen Metern konnte man tatsächlich ein Lagerfeuer und einige Personen erkennen, die es sich darum herum im Sand gemütlich gemacht hatten.

„Cool!", sagte Taavi neben mir.

Irgendwann wurden die anderen auf unsere sich nähernde Gruppe aufmerksam und drehten sich um.

„Hello!", rief eine junge Frau und winkte uns strahlend zu.

„Naaa!", antwortete Lotte und winkte zurück. Auch ich hob zögernd die Hand.

„Sieht nicht so aus, als würden sie uns beißen, wenn wir näherkommen.", richtete sich Arthur an Miriam. Die streckte ihm die Zunge raus und konzentrierte sich auf ihre Aufgabe, Eli durch den Sand zu lotsen.

„Habt ihr euch verlaufen?", fragte ein Typ mit schwarzen, langen Locken, als Hunter und Arthur an die ums Feuer versammelte Gruppe herantraten. Er hielt eine Gitarre in der Hand und unterbrach sein Spiel für einen Moment. Bei dem Anblick des Instruments kribbelte es sofort in meinen Fingern und ich spürte das Verlangen, selbst ein paar Akkorde zu spielen.

„Nein.", antwortete Arthur, „Wir haben uns nur gefragt, was hier abgeht. Wir haben ein paar Meter entfernt gechillt. Aber ihr wart nicht zu überhören."

„Das tut uns schrecklich leid.", meinte eine junge Frau und lachte dabei laut, „Oder auch nicht!" Bei näherem Hinsehen identifizierte ich sie als eine der beiden Frauen aus dem Taxi. Ihre Freundin lag neben ihr und hatte sich ein gemütliches Lager aus der Luftmatratze und einigen Handtüchern gebaut.

„Ach, alles gut.", winkte Hunter ab, „So eine Sommernacht sollte man genießen."

„Wie recht du hast.", stimmte der Typ mit den auffälligen Locken ihm zu, „Wollt ihr uns ein bisschen Gesellschaft leisten? Ich habe Geburtstag. Wir haben reingefeiert. Also falls ihr Lust habt, seid ihr herzlich eingeladen."

„Dann legen wir wohl zwei Geburtstagspartys zusammen.", stellte Taavi fest und deutete auf mich, „Der nette junge Mann hier ist gerade frische achtzehn Jahre alt geworden."

„Echt? Zufälle gibt's. Dann mal alles Gute! Ich bin übrigens Dave.", stellte er sich vor, legte seine Gitarre in den Sand und reichte mir die Hand.

„Freut mich.", antwortete ich, „Und danke. Dir natürlich auch alles Gute. Ähm, ich bin Matteo. Teo."

Es wurden weitere Glückwünsche und Namen ausgetauscht und schließlich ließen wir uns um das Lagerfeuer herum in den Sand fallen.

„Einundzwanzig. So schnell wird man alt. In Amerika dürfte ich ab heute offiziell Alkohol trinken. Jetzt liegt mir wirklich die Welt zu Füßen. Aber für dich beginnt ja auch ein ganz neues Leben, was, Teo?", sofort erkannte ich, dass Dave ein kommunikativer Mensch war. Er saß uns aufgeschlossen im Schneidersitz gegenüber und ließ den Blick interessiert über mich, Eli und ihre Freunde schweifen.

„Ja, das stimmt wohl.", antwortete ich. Bevor ich meine Antwort ausschmücken konnte, redete Dave weiter: „Und dann wohnst du auch noch in einer Stadt wie Hamburg. Also ich meine, hier hast du ja wirklich alle Möglichkeiten der Welt. Wir sind hier nicht in Las Vegas oder so. Aber ich denke schon, dass Hamburg eine gute Stadt ist, um sich auszuleben. Manchmal habe ich das Gefühl, hier warten hinter jeder Ecke neue Abenteuer. Manchmal will man gerade gar nichts erleben und dann passiert doch wieder was. Unerwartet. So wie gerade eben. Ich habe nicht damit gerechnet, heute noch so viele neue Leute kennenzulernen. So was macht das Leben in der Großstadt doch aus, oder? Ihr kommt doch von hier?"

„Ja.", sagten wir im Chor. Nur Eli war still. Sie wiegte den Kopf leicht hin und her.

„Wir auch.", meldete sich einer von Daves Freunden zu Wort.

Wir unterhielten uns eine Weile über Hamburg und die Vor- und Nachteile des Großstadtlebens. Irgendwann übernahm Dave wieder: „Und ihr feiert also deinen Geburtstag? Was habt ihr gemacht? Wart ihr im Club?"

Plötzlich stand ich wieder im Mittelpunkt. Und ich wusste nicht genau, wie ich die Zufälle und Gegebenheiten erklären sollte, die mich zum Mitglied meiner Gruppe gemacht hatten.

„Naja, der Geburtstag kam irgendwie dazu.", begann ich zu erklären.

„Teo und ich haben uns gestern Abend nach einem Konzert kennengelernt, bei dem wir beide waren. Er hat mir einen großen Gefallen getan und ich war ihm was schuldig und habe ihn deswegen auf ein Bier eingeladen. Und ja, dann waren wir auf der Reeperbahn.", fasste Eli knapp zusammen.

„Und seitdem weicht er uns nicht mehr von der Seite.", lachte Taavi.

„Ich würde eher sagen, er weicht Eli nicht mehr von der Seite.", warf Miriam ein und zwinkerte mir zu. Am liebsten wäre ich im Sand des Elbstrands versunken.

„Trauriges Schicksal…", murmelte Arthur und zündete sich eine weitere Zigarette an. Ich fragte mich, ob ich ihn richtig verstanden hatte.

„Warum sagst du das?", erkundigte sich Dave und sah zwischen Eli und mir hin und her. Ich zuckte mit den Schultern und war mindestens genauso gespannt auf die Antwort wie er. Doch bevor Arthur weitersprechen konnte, sagte Eli schnell: „Ach, so was ist doch immer kompliziert, oder? Ähm…Frauen sind kompliziert."

„Naja, den Kommentar hätte ich von einer Frau jetzt nicht erwartet.", antwortete Dave, „Ich denke, jeder Mensch ist kompliziert."

„Ich mag dich, Dave. Du hast gute Ansichten.", meinte Lotte lächelnd. Hunter legte einen Arm um sie. Wie um Dave zu signalisieren, dass Lotte trotz guter Ansichten niemanden mehr mochte, als ihn.

Ich sah Eli an und legte fragend die Stirn in Falten. Sie schüttelte kaum merklich den Kopf und zuckte entschuldigend mit den Schultern. Irgendwie fühlte ich mich in dem Moment alles andere als wohl in meiner Haut. Trotz des heißen Feuers, das mein Gesicht förmlich zum Glühen brachte, war mir plötzlich kalt und ich verschränkte die Arme vor der Brust. Ich fühlte mich ausgeschlossen. Ich mochte Eli. Und sie mochte mich. Irgendetwas war zwischen uns. Das schienen auch ihre Freunde zu merken. Doch da war mehr. Es kam mir vor, als hätte sie ein Geheimnis. Und auch davon wussten ihre Freunde.

Alle wussten Bescheid.

Außer mir.

„Hey, Kopf hoch.", wandte Dave sich an mich und ich fragte mich, ob man mir meine Gefühle und Gedanken so leicht ansehen konnte, „Ich bin mir sicher, sie mag dich."

„Ich mag ihn.", kam es von Eli. Sie blickte ins Lagerfeuer. Die Flammen spiegelten sich in ihren Augen. Sie blitzten. Auch die Ohrringe wurden durch das Feuer zum Strahlen gebracht. In diesem Moment hätte ich geschworen, dass sie aus purem Gold bestanden. Und trotzdem waren sie nicht ansatzweise so schön wie Elis grüne Augen.

„Habt ihr Lust auf Musik? Ein Lagerfeuer ohne Musik ist schließlich kein echtes Lagerfeuer, oder?", fragte Dave in die Runde.

„Ja! Musik!", riefen die beiden Frauen aus dem Taxi im Chor und auch die anderen murmelten zustimmend.

„Musik ist immer gut.", stimmte ich zu. Als Dave mit den ersten ruhigen Gitarrenakkorden begann, zog ich die Beine an und schlang die Arme schützend um meine Knie. Ich legte mein Kinn auf ihnen ab und mein Blick hing an den leuchtenden Flammen; den Funken, die in die Nacht aufstiegen, ein letztes Mal rot aufglimmten und dann erloschen.

Ich kannte das Lied, das Dave spielte, nicht, doch das störte mich nicht sonderlich. Ich lauschte seiner tiefen Stimme und genoss die vertrauten Gitarrenakkorde. Musik führte dazu, dass man sich an jedem Ort der Welt zu Hause fühlen konnte. In diesem Moment war ich mir nicht mehr sicher, ob ich mit einer großen Gruppe junger Menschen am Elbstrand saß oder mich auf meiner weichen Matratze in meinem Zimmer befand. Auf meiner blau karierten Bettdecke, auf der ich selbst jeden Tag neue Akkordkombinationen übte.

„Ich mag Elton John.", hörte ich plötzlich Elis Stimme. Ganz nah an meinem Ohr. Ich wandte den Blick von den Flammen ab und sah stattdessen direkt in ihre grünen Augen.

„Kennst du das Lied?", fragte ich interessiert. Sie setzte sich neben mich in den Schneidersitz. Mit den zarten Fingern malte sie undefinierbare Muster in den feinen Sand.

„Klar, das ist *Someone Saved My Life Tonight*. Von Elton John", antwortete sie bestimmt, „Ich kenne ziemlich viel von ihm, würde ich sagen."

„Ich muss leider gestehen, dass ich bisher kein großer Elton-John-Kenner bin.", sagte ich und vergrub das Gesicht in meinen Armen, als würde ich mich in Grund und Boden schämen.

„Schande über dein Haupt!", flüsterte Eli mir zu und lachte leise dabei, „Und dabei dachte ich eigentlich, du wärst ein cooler Typ."

„Hm. Was nicht ist, kann ja noch werden.", antwortete ich.

„Worauf bezogen meinst du das? Ein Elton-John-Kenner oder ein cooler Typ zu sein?", erkundigte Eli sich und sah mich fragend an.

Ich überlegte kurz. „Auf beides vielleicht?"

„Hör auf mit so was, Teo.", sagte sie ernst und machte eine wegwerfende Handbewegung, „Bei dem ersten Punkt stimme ich dir zu. Dein fehlendes Wissen über einen großartigen Musiker solltest du aufholen. Im zweiten Punkt muss ich dir leider widersprechen. Ich hoffe, du weißt, dass das ein Scherz von mir war, oder? Du bist ein cooler Typ. Zweifelst du daran?"

Ich lauschte den Klängen der Gitarre und fühlte mich wohl. Das Feuer und die Musik wärmten mich. Und Elis Anwesenheit. Ich fühlte mich, als würde ich in einer langen, innigen Umarmung liegen. Und es war gar nicht schwer, ehrlich zu Eli zu sein.

„Manchmal schon.", gab ich zu und betrachtete ihre Finger, die durch den Sand huschten. Ich versuchte, Worte oder Bilder in den Bewegungen zu erkennen. Doch nicht immer musste etwas eine tiefe Bedeutung haben. Manchmal musste man erkennen, dass Dinge ganz einfach waren. Es waren nur tausende - unendlich viele - Sandkörner, die von zarten Fingerkuppen hin und her geschoben wurden.

„Echt? Das hätte ich dir gar nicht wirklich angemerkt.", antwortete Eli und betrachtete mich nachdenklich, „Man kann eben nicht in die Köpfe der Menschen hineinsehen."

„Da hast du recht.", stimmte ich ihr zu, „Und…wirklich? Du findest nicht, dass ich unsicher wirke? Unerfahren? Ungeschickt? Ich habe manchmal das Gefühl, man kann mir meine Unsicherheit an der Nasenspitze ablesen."

Eli legte den Kopf schief und schien einen Moment zu überlegen. „Also.", setzte sie an, „Bei meinen Aussagen muss man bedenken, dass ich dich erst seit ein paar Stunden kenne. Aber nein, ich finde nicht, dass du unsicher wirkst. Zumindest nicht mehr, als alle anderen auch. Das Leben ist schon eine große Aufgabe, die man als Mensch bewältigen muss. Da ist ein bisschen Unsicherheit doch ganz normal."

Ich nickte und ihre Worte brannten sich in mein Gedächtnis.

„Jeder Mensch hat seine Unsicherheiten.", sprach Eli weiter und deutete dann in die Richtung ihrer Freunde, die etwas abseits von uns saßen und Daves Gesang lauschten, „Guck dir Lotte an. Sie und Hunter sind schon lange zusammen. Fast seit drei Jahren, glaube ich. Aber sie ist sich in der ganzen Sache nicht mehr so sicher. Sie ist jung und möchte noch so viel erleben. Das merkt Hunter natürlich. Und das wiederum sorgt bei ihm für große Unsicherheit. Verständlich, oder? Guck dir Arthur an. Er wirkt stark. Selbstbewusst, als könnte ihm nichts und niemand auf der Welt etwas anhaben. Er ist stark. Und er ist selbstbewusst. Doch genauso ist auch er verletzlich. Und manchmal unsicher. Er versucht, das mit seinem Auftreten zu überspielen. Ich möchte nicht so tun, als wäre ich eine gute Menschenkennerin. Aber ich kann eindeutig erkennen, ob Arthur eine Frau wirklich hübsch findet und sie anspricht oder ob er einfach nur Bestätigung braucht. Von einem anderen Menschen. Weil er manchmal gar nicht sicher ist, was er über sich selbst denken soll. Und auch das ist normal."

Eli atmete ein paar Mal tief durch. Ich betrachtete ihre Freunde und alles, was sie sagte, leuchtete mir ein. Jeder Mensch trug im Leben eine Maske. Das war ganz normal und nicht beabsichtigt. Die Maske war unser Auftreten. Unsere Aussagen und unsere Taten. Unser einziges, wahres Selbst waren unsere Gedanken. Doch es war einfach unmöglich, diese einem anderen Menschen ungefiltert mitzuteilen. Das war unsere Maske. Die Entscheidung, welche Gedanken und Zweifel wir kommunizierten. Und welche wir lieber für uns selbst behielten.

„Sieh dir Miriam an.", fuhr Eli leise fort, „Sie ist so ein herzensguter Mensch; möchte es jedem recht machen. Ich spüre ihre Rastlosigkeit. Ich kenne sie schon sehr lange und schon immer war das ein Punkt, der ihre Persönlichkeit ausmacht. Miriam ist sehr harmoniebedürftig. Sie möchte von jedem gemocht werden. Und das führt auch bei ihr gelegentlich zu Selbstzweifeln. Denn man kann nun einmal nicht von jedem Menschen gemocht werden. Das muss man akzeptieren. Und Taavi...tja, bei ihm bin ich nie so weit gekommen. Er wirkt fröhlich. Nett. Lebendig. Ich habe Taavi immer bewundert. Dafür, dass er anderen Menschen ein gutes Gefühl vermittelt. Doch ich bin mir ganz sicher: auch er macht sich seine Gedanken. Und hat Dinge, die an ihm nagen. Er schafft es einfach gut, sie für sich zu behalten. Das heißt aber nicht, dass sie nicht da sind."

Ich mochte Elis Freunde von Anfang an. Sie hatten mich gut aufgenommen; es waren interessante Persönlichkeiten. Doch jetzt, nachdem mir das erste Mal auch ihre verletzliche Seite - ihre wunden Punkte - auffielen, wurden sie mir noch viel sympathischer.

„Und...was ist mit dir?", fragte ich und sah Eli an. Sie nickte und sah in die lodernden Flammen. Sie spiegelten sich in ihren Augen und es war wie ein goldenes Feuerwerk an einem leuchtend grünen Himmel.

„Ein Meer mit einer glitzernden Oberfläche ist tief. Und an einigen Stellen in der Tiefe ist es dunkel. Ewige Finsternis. Wusstest du, dass die Menschen größere Teile des Universums erforscht haben, als unserer eigenen Meere?"

Ich lachte. Eli war eine Meisterin der Worte. Und sie wusste, wie sie Fragen auswich, auf die sie nicht antworten wollte.

„Ich muss sagen, das Weltall finde ich auch um einiges interessanter, als das Meer.", sagte ich und ließ meinen Blick über den Himmel wandern. Er war dunkel. Doch das Lagerfeuer und die Helligkeit der Stadt machten es fast unmöglich, klare Sternbilder zu erkennen.

„Ansichtssache.", meinte Eli, „Aber um zurückzukommen: Natürlich habe auch ich meine Unsicherheiten."

Ich nickte.

„Ich finde, du wirkst sehr stark. Stärker, als jedes Mädchen, das ich bisher kennengelernt habe.", mein Mund war schneller als meine Kontrolle. Eli lächelte und antwortete: „Danke, Teo. Weißt du, das ist wirklich ein schönes Kompliment. Ich höre lieber Dinge, die das loben, was ich wirklich bin, als das, was man auf den ersten Blick sieht. Jeder kann mir sagen, ich sei hübsch. Attraktiv. Oder sonst etwas. Aber zu hören, dass ein anderer Mensch dich als stark bezeichnet, ist etwas Besonderes."

Ich senkte den Blick zu Boden. So schnell, wie die Worte gekommen waren, so schnell hatten sie mich wieder verlassen. Zum Glück konnte ich auf Elis Redekünste zählen: „Und alleine die Tatsache, dass du Menschen Komplimente dieser Art machst, spricht für deine eigene Stärke."

„Findest du?", fragte ich und dachte über ihre Worte nach.

„Natürlich.", bestätigte sie.

„Manchmal fällt es schwerer, seine eigenen Stärken zu erkennen, als die der anderen.", überlegte ich.

„Das stimmt! Auch das ist ganz natürlich. Aber gut ist es nicht und wir sollten versuchen, gegen diese Angewohnheit anzukämpfen. Es ist wichtig, das Gute in anderen Menschen zu sehen. Doch genauso wichtig ist es, gut zu uns selbst zu sein. Das sagt sich leicht, ich weiß. Auch ich muss mir das immer wieder klarmachen. Und es gelingt nicht jeden Tag. Aber, Teo, guck dich um. Du verbringst eine wunderschöne Sommernacht in einer wunderschönen Stadt. Am wunderschönen Strand. Du hast eine Person heute sehr glücklich gemacht, indem du ihr einen verlorenen Ohrring zurückgebracht hast, der ihr sehr am Herzen liegt. Du bist ohne zu fragen mit ihr gegangen und hast dich vielen neuen Menschen vorgestellt. Du hast viele Orte gesehen. Du bist achtzehn Jahre alt geworden. Und du hast dich einfach treiben lassen. Vom Leben und von den Menschen, die es beeinflussen. Und du willst mir sagen, dass du nicht stark bist? Und mutig?"

Ich konnte mir nicht erklären, wie die Worte dieser besonderen Person, die mir gegenübersaß, so viel in mir bewirken konnten. Ich hatte das Gefühl, Eli war eine Medizin. Sie legte sich wie kühlende Wickel um meinen Körper und schien das Fieber - verursacht durch Selbstzweifel und zu viele lästige Gedanken - nach und nach zu senken.

„Vielleicht bin ich wirklich mutiger, als ich manchmal denke.", flüsterte ich in die Nacht hinein. Meine Stimme mischte sich mit den beruhigenden Gitarrenklängen, dem Knistern des Feuers und leisem Gemurmel.

„Das bist du auf jeden Fall. Lass das *vielleicht* weg, okay?", Eli hielt mir die Hand hin. Ich atmete tief ein und aus, griff ihre zarte Hand und schüttelte sie kräftig; bestätigte unseren persönlichen Vertrag.

„Kein vielleicht mehr."

„Das hört sich gut an.", antwortete sie nickend, „Aber Teo, für meine guten Ratschläge bist du mir eines schuldig."

Ich stutzte. „Okay…?"

„Es gibt da diesen Film. *Rocketman.* Es ist eine Art Biografie über Elton John. Sieh ihn dir an und lerne.", Eli warf mir einen vielsagenden Blick zu. Ich lachte.

„Nichts lieber als das. Ich werde jedes Lied in mich aufsaugen wie ein Schwamm und auf der Gitarre lernen. Gib mir eine Woche, dann bin ich der größte Elton-John-Kenner der Welt!"

„Eine Woche? Das dauert mir zu lang.", sagte Eli entschieden und deutete dann in Daves Richtung, „Du kannst Gitarre spielen? Dann spiele doch mal etwas."

Mist, Eigentor.

„Ähm. Ich kann wirklich nicht gut spielen. Ist nur ein bisschen Geklimper in meiner Freizeit…", versuchte ich mich zu retten. Doch ich wusste, dass ich aus der Nummer nicht mehr herauskam.

„Keine Ausreden!", meinte Eli entschieden, „Bitte. Spiele etwas für mich."

„Du kannst auch spielen?", wandte sich Dave an uns. Ihm war unser Gespräch wohl nicht entgangen.

„Na ja, ich spiele schon ganz gerne. Bin aber kein Profi.", antwortete ich. Dave hob die Gitarre hoch und schüttelte den bunt gemusterten Gitarrengurt von seiner Schulter. Dann reichte er mir sein Instrument und ich nahm es zögernd entgegen.

„Man muss kein Profi sein. Man muss die Musik nur fühlen können.", sagte Dave und nickte mir auffordernd zu. Unsicher sah ich mich um und spürte die gespannten Blicke der anderen auf mir.

„Da bin ich aber mal gespannt.", meinte Hunter. Lotte nickte lächelnd.

„Du solltest auch mal ein Instrument spielen lernen.", richtete sie sich an ihren Freund.

„Ja, darauf stehen die Frauen.", stimmte Arthur zu.

„Kannst *du* denn eins spielen?", fragte Taavi belustigt, weil er die Antwort kannte.

„Nein.", gab Arthur zu, setzte dann aber selbstbewusst hinterher, dass die Frauen auch ohne musikalisches Talent auf ihn standen. Hunter sah Lotte an, zuckte mit den Schultern und schüttelte kaum merklich den Kopf. Sie verzog keine Miene und richtete den Blick wieder auf mich.

„Was soll ich denn spielen?", wandte ich mich an die Gruppe. Mein Kopf war wie leergefegt und ich war mir nicht sicher, ob ich auch nur einen einzigen Akkord richtig greifen konnte. Meine Hände begannen zu schwitzen und ich wischte sie unauffällig an meiner Hose ab.

Eli wollte etwas sagen, doch dann stockte sie; den Mund weit geöffnet. Ihr schien ein Titel auf den Lippen zu liegen, den sie nicht aussprechen wollte.

„Spiele einfach das erste Lied, das dir in den Sinn kommt.", ermutigte mich Dave und nickte mir zu.

Ich schloss die Augen und überlegte. Plötzlich schlich sich eine Melodie in mein Gedächtnis. Es war das Lied, das mich vor vielen Jahren dazu animierte, mir eine Gitarre zum Geburtstag zu wünschen und das Spielen zu erlernen. Mein Cousin hatte es gespielt. Bei einem Familientreffen im Sommer. Im großen Garten meiner Großeltern. Er war einige Jahre älter als ich und spielte an diesem Tag *Nothing Else Matters* von Metallica. Es war ein echter Klassiker. Und doch wurde ich nie müde, das Lied zu spielen. Es hatte mich schon durch viele Nächte begleitet, in denen mich meine Gedanken vom Schlafen abhielten. Ich liebte es, wie mein Cousin damals die Saiten zupfte und dem Instrument im Anschluss kräftige Akkorde entlockte. Das Lied war für mich eine Kindheitserinnerung, wie es für andere eine beliebte Kinderserie war. Das Lied fühlte sich nach Zuhause an.

„Okay…", murmelte ich und ließ meine Finger über den Hals der Gitarre gleiten. Es handelte sich um ein altes Instrument. An einigen Stellen hatte sich die glänzende Beschichtung gelöst und legte die raue Holzstruktur frei. Ich liebte alte Instrumente. Sie waren erfüllt von Erinnerungen, Gefühlen und Geschichten. Ich würde die gebrauchte Gitarre dem neuen Modell immer vorziehen.

Ich atmete tief durch. Mit der linken Hand griff ich die Bünde und mit der rechten Hand begann ich, die dünnen Saiten zu zupfen. Die vertrauten Töne versetzten mich in eine Art Trancezustand. Mein Herz schlug schnell und ich war aufgeregt. Doch ich genoss den Moment. Ich genoss es, für die versammelten Menschen zu spielen. Dieser Moment war magisch. Das leise Gemurmel verstummte und selbst das Feuer schien gespannt die Luft anzuhalten. Als der Text der ersten beiden Strophen meine Lippen verließ, hatte ich das Gefühl, Magie zu erschaffen. Und das erste Mal in meinem Leben schien ich den Text wirklich zu verstehen. Ich hatte ihn so oft gesungen; bestimmt hundert Mal. Und über seine Bedeutung hatte ich mindestens genauso oft nachgedacht. Doch heute Abend interpretierte ich ihn auf meine ganz eigene Art und Weise.

Als James Hetfield davon sang, dass die Person, um die es in dem Lied ging, sich geöffnet hatte wie noch nie zuvor und darüber, dass das Leben ihnen – uns – gehörte, konnte ich ihm nur zustimmen. Es war, als würde er über mich singen. Und Eli. Und ihre Freunde. Über uns alle. In der Sommernacht am Strand.

Während meine Finger weiter über die Saiten huschten, wagte ich es, mich kurz umzuschauen. Die anderen schienen ganz bei mir zu sein. Einige hatten die Augen geschlossen, andere nickten leicht mit dem Kopf im Takt meines Spiels.

Eli sah mich an. Unsere Blicke trafen sich kurz und ihr rechter Mundwinkel zuckte leicht; wie in dem Moment, als sie mich im Konzert das erste Mal gesehen hatte.

Als ich zur dritten Strophe ansetzte, stieg Dave unerwartet mit ein. Leise bildete er eine zweite Stimme, die mit meiner Melodieführung perfekt zusammenpasste. Als beim Refrain einige der anderen ebenfalls ihre Stimmen erhoben, war nicht mehr nur ich derjenige - wir alle zusammen bildeten Magie. Energie. Pures Leben.

Es war ein Moment für die Ewigkeit, der sich für immer in unseren Herzen verankern würde.

Leise ließ ich das Lied ausklingen. Ein letztes Mal genoss ich die hohen Töne der Gitarre, die die Melodie bildeten und die tiefen, die in meinem Körper vibrierten, als wäre ich mit dem Klangkörper des Instruments verbunden. Schließlich kamen meine Finger zur Ruhe und die letzten Töne wurden leiser, bis sie vom Knistern des Feuers verschluckt wurden.

„So gut!", Dave schenkte mir ein breites Lächeln und klatschte laut in die Hände. Von weiter hinten jubelten mir einige Mitglieder der Gruppe zu und einer rief laut: „Zugabe!"

Ein Stein fiel mir vom Herzen und gleichzeitig durchströmte mich ein großes Glücksgefühl. Bisher hatte ich nicht oft für andere Menschen gespielt, sondern mein Hobby nur für mich alleine ausgeübt. Es freute mich, dass ich es schaffte, andere mit meinem Können zu berühren.

Eli tippte wild auf ihrem Handy herum. Dann hielt sie mir das leuchtende Display unter die Nase. Ich sah einen Liedtext, über dem einige Akkorde angegeben waren. *New York* von Ed Sheeran stand in großen Buchstaben darüber.

„Kannst du das spielen?", fragte sie.

Ich nahm ihr das Handy aus der Hand und sah mir die Akkordfolge an. Das Lied war nicht besonders schwer zu spielen. Ohne die Saiten anzuschlagen, platzierte ich meine Finger auf den richtigen Bünden und prägte sie mir ein.

„Das sollte ich hinbekommen.", sagte ich und legte das Handy auf mein Knie. Das musste als Notenständer ausreichen. „Aber gleichzeitig singen kann ich nicht. Ich kann den Text nicht.", fügte ich hinzu.

„Das ist nicht schlimm.", erwiderte Eli, „Spiel einfach."

Wollte sie singen? Auch die anderen richteten ihre Blicke nun gespannt auf die hübsche junge Frau mit dem glänzenden, kurzen Haar, die neben mir im Gras saß und mich auffordernd ansah. Ich konzentrierte mich auf das leuchtende Handydisplay und die musikalischen Anweisungen und schlug den ersten Akkord an. Eli räusperte sich leise und wartete auf ihren Einsatz. Dann begann sie zu singen.

Es sollte mich nicht wundern, dass sie eine wunderbare Stimme hatte. Es wirkte, als wäre alles an ihr perfekt. Ihre Stimme war glasklar und facettenreich. Während sie Gefühl in ihren Gesang legte, ließ ich fast ohne nachzudenken und ganz mühelos die Akkorde auf der alten Gitarre erklingen. Nach dem ersten Refrain konnte ich die Abfolge auswendig und ich wandte mich Eli zu. Sie lächelte, während sie sang. Sie ging vollkommen in dem Lied auf. Sie sang, als hätte sie die Melodie schon tausend Mal gehört. Und sie sang mit voller Überzeugung. Entließ jedes Wort der beginnenden Liebesgeschichte in New York, um die es in dem Lied ging, in die Nacht. Während sie sang, stellte ich mir die Szene vor. Auf der anderen Seite der Welt. Und ich war sehr zufrieden mit meiner eigenen Geschichte, die ich gerade erlebte.

Hier und jetzt.

Ihre Stimme verklang. Und sie wirkte ganz friedlich. Leise lächelte sie in sich hinein.

Und ich wusste nicht, was ich denken sollte. Manche Menschen waren undurchschaubar. Manchmal versteckten sie geheime Botschaften in den Sätzen, die sie sagten oder in ihren Taten. Oder in den Liedern, die sie sangen.

Vielleicht wollte Eli mir etwas sagen.

Oder sie hatte einfach ein Lied gesungen, das ihr gefiel.

Nachdem Dave mir die Gitarre wieder abgenommen hatte und seine eigene Musik die nächtliche Sommernacht versüßte, dachte ich noch lange darüber nach. Über versteckte Botschaften und Geheimnisse.

Eli saß schweigend neben mir und starrte in Gedanken versunken in das knisternde Lagerfeuer.

Kapitel zwölf

„Hey, Eli, du hast uns dein Tattoo noch gar nicht ge-
zeigt.", meinte Miriam irgendwann, als Dave eine kurze
Spielpause einlegte und sich nach hinten in den weichen
Sand fallen ließ. Interessiert drehte er seinen Kopf in Elis
Richtung. „Was für ein Tattoo?", erkundigte er sich.

Ein weiteres Mal in dieser Nacht erzählte sie von ihrer
persönlichen Abmachung mit sich selbst, dass sie jeden
besonders guten Tag für immer festhalten wollte. Dave
und seine Freunde nickten und murmelten anerkennen-
de Worte.

„Und du hast das heute ganz spontan gemacht?", fragte einer.

„Ja, sieht so aus.", bestätigte Eli und zuckte mit den
Schultern.

„Also waren die letzten Stunden sehr besonders für
dich?", kam es von Dave. Ich richtete meinen Blick auf
Eli und betrachtete ihre Gesichtszüge. Ihre Augen strahlten und sie nickte. Trotzdem wirkte sie etwas gequält.

„Es war auf jeden Fall eine bedeutsame Nacht für
mich.", antwortete sie und verpackte ihren Fuß behutsam
wieder in Plastikfolie und ihrem Schuh. Es sah fast aus,
als würde sie ein Geschenk einpacken.

„Mutig.", murmelte Dave.

„Ich finde es wunderschön, Eli.", Lotte setzte sich neben ihre Freundin, nahm sie in den Arm und drückte sie
fest an sich. Eli vergrub ihr Gesicht in Lottes Schulter und
die beiden verharrten eine ganze Weile in dieser Position.

Ich fragte mich, ob ich etwas verpasst hatte. Eli wirkte nicht mehr so unbefangen und glücklich, wie in den vergangenen Stunden. Ein Ausdruck hatte sich auf ihr Gesicht gelegt, den ich nicht deuten konnte.

„Hey, die Sonne geht bald auf!", rief Daves Freundin, die es sich auf der Luftmatratze gemütlich gemacht hatte und deutete auf den Himmel, an dessen Horizont das tiefdunkle Blau langsam von hellen Streifen durchzogen wurde.

„Hat jemand Lust, schwimmen zu gehen?", fragte Dave in die Runde.

„Bin dabei!", kam es von Hunter.

„Ist das nicht etwas zu kalt?", fragte Miriam unsicher.

„In spätestens zwei Stunden ist die Sonne aufgegangen und hat die Stadt auf bestimmt dreißig Grad Celsius erhitzt. Das Wasser ist kühl und das ist das Gute daran!", sagte Dave überzeugt und zog sich sein T-Shirt über den Kopf. Er schmiss es neben seine Gitarre in den Sand, stand auf und ging mit großen Schritten in Richtung Wasser. Die beiden Frauen, die wir aus dem Taxi kannten, folgten ihm lachend mit der großen Luftmatratze.

„In einer wunderbaren Sommernacht baden gehen?", dachte Lotte laut nach und sah Eli an, die sie immer noch im Arm hielt, „Das können wir uns eigentlich nicht entgehen lassen."

Eli lachte verlegen und deutete auf ihren Fuß. „Für mich wird das heute schwer, aber lass dich durch mich nicht davon abhalten. Ist bestimmt eine gute Abkühlung."

Lotte sah zwischen dem Wasser und Eli hin und her. Mittlerweile hatten sich auch Arthur und ein paar Freunde von Dave aufgerappelt und wateten in die Elbe.

„Okay.", entschied Lotte, „Aber dann setz dich zumindest mit nach vorne ans Wasser."

Eli nickte und ich half Lotte dabei, sie zu stützen und wenige Meter vor dem Wasser in den Sand zu setzen. Lächelnd sah sie zu uns auf.

„Danke."

Lotte drückte ihrer Freundin einen Kuss auf die Stirn, dann zog sie sich das bunt gestreifte T-Shirt über den Kopf, schlüpfte aus ihren Hotpants und lief in Unterwäsche in die seichten Wellen. Hunter erwartete sie bereits und begrüßte sie mit einer ausgiebigen Wasserschlacht.

Einen Moment blieb ich neben Eli stehen und betrachtete die anderen, wie sie lachend und kreischend das kühle Nass genossen.

„Willst du nicht mit rein?", wandte sich Eli an mich.

„Ich glaube nicht.", antwortete ich. Wasser war noch nie mein Element. Meistens begann ich bereits nach fünf Minuten zu frieren. Auch, wenn mir in wenigen Stunden wieder der Schweiß von der Stirn tropfen würde, reichte mir die angenehme Nachtluft, die mich umgab, als Abkühlung.

„Na gut.", akzeptierte Eli meine Entscheidung. Sie legte ihren Kopf in den Nacken und blickte hinauf zu den Sternen und dem Mond, der bald von der Sonne abgelöst werden sollte.

„Weißt du, Teo, ich schreibe gerne. Sehr gerne. Irgendwie habe ich schon immer geschrieben. Das war etwas, was ich wirklich gut konnte.", begann Eli zu erzählen.

„Klingt spannend.", sagte ich und meinte das ganz ernst. Ich war noch nie ein großer Künstler der Worte, doch Eli konnte ich mir nur zu gut mit einem Stift und einem kleinen Notizbuch in der Hand vorstellen.

„Was schreibst du denn?", fragte ich, setzte mich neben sie und folgte ihrem Blick in den dunklen Nachthimmel.

„Hm. Das ist nicht so leicht zu beantworten.", meinte sie, „Meistens sind es Gedankenfetzen. Ich schreibe sie auf. Oft fliegen sie mir einfach im Alltag zu. Ich feile ein wenig an ihnen herum, bis sie zu klaren Aussagen werden. Aussagen über das Leben. Über die Liebe. Alles Mögliche eben. Ich mag Gedichte. Und manchmal schreibe ich Geschichten."

Ich versuchte, mir vorzustellen, welche Art von Charakteren Eli sich ausdachte. Und ob sie lieber fröhliche Geschichten mit einem Happy End oder traurige, die zum Nachdenken anregten, verfasste.

„Wirst du auch mal etwas über mich schreiben?", fragte ich scherzhaft und Eli lachte.

„Wer weiß…", antwortete sie und lächelte den Sternen zu, „Ich finde die Nacht unglaublich inspirierend. Die Sterne und den Mond zu beobachten ist wie Nahrung für meine Vorstellungskraft."

„Das kann ich gut verstehen.", stimmte ich ihr zu, „Ich finde es immer sehr beruhigend, in den Himmel zu sehen. Irgendwie tröstend. Weil mir dann alle Gedanken und Sorgen ganz klein und unwichtig erscheinen. Ich sitze gerne abends im Sommer in unserem Garten und sehe dabei zu, wie die Sonne verschwindet und die Sterne nach und nach am Himmel erscheinen."

„Ihr habt einen eigenen Garten?", fragte Eli und sah mich mit großen Augen an, „Das ist echt etwas Schönes. Das musst du zu schätzen wissen."

„Das weiß ich. Habt ihr keinen?", fragte ich.

Eli schüttelte den Kopf. „Nein, in einer Großstadt ist das ja leider nicht so einfach. Ich wohne in einer Wohnung im achten Stock."

„Oh.", machte ich und war meinen Eltern ausnahmsweise dankbar dafür, dass sie ehrgeizige Menschen waren und mir durch ihre harte Arbeit ein Leben in einem Haus mit Garten bescheren konnten. Ich zog mich gerne in unsere Hängematte neben dem kleinen Apfelbaum zurück, wenn ich etwas Abstand vom Großstadtleben brauchte.

„Ist das nicht seltsam?", murmelte Eli und ich war mir nicht sicher, worauf sie hinauswollte.

„Was denn?", fragte ich deshalb.

„Egal, wo man auf der Welt ist, man sieht immer denselben Mond, dieselbe Sonne und dieselben Sterne. Du kannst ein chinesisches Schulkind sein, das sein Gesicht auf dem Schulweg glücklich der Sonne entgegenstreckt. Oder du kannst eine hart arbeitende Frau in einem armen Land sein, die sich nach einem anstrengenden Tag über die kühle Nacht mit ihren leuchtenden Sternbildern freut. Oder du bist eine junge Frau, die in New York aus den großen Fenstern ihrer Wohnung sieht und den Mond begrüßt, der über der unverwechselbaren Skyline aufgeht."

Ich mochte Elis Gedanken. Ich mochte es, wie sie mir vermittelte, dass wir alle nur ein kleiner Teil des großen Ganzen waren.

„Man könnte sagen, der Himmel verbindet uns miteinander. Jeden einzelnen Menschen auf der Erde.", führte ich ihren Gedankengang weiter.

„Du hast es erfasst.", sagte Eli und lächelte mich an. Wie gerne hätte ich sie geküsst. Wie schon sehr oft in dieser Nacht. Ich wollte ihre weiche Haut berühren und ihr Kinn zu mir heranziehen. Ich wollte durch ihre seidenen Haare streichen und ihre Lippen auf meinen spüren. Ich stellte mir vor, wie sie sich anfühlen würden. Wie der zarte Flügelschlag eines Schmetterlings.

Ich wusste nicht, ob ich mich wirklich getraut hätte, Eli zu küssen. Doch die Möglichkeit wurde mir ohnehin genommen, als sich plötzlich von hinten eine Hand auf meine Schulter legte. Ich erschrak, drehte mich um und blickte in Taavis strahlendes Gesicht.

„Lust, schwimmen zu gehen?", fragte er. Sollte ich sauer auf ihn sein, weil er diesen intimen Moment zwischen Eli und mir durchbrochen hatte? Oder erleichtert, weil er den Druck von mir nahm, mich zum nächsten Schritt überwinden zu müssen?

„Eigentlich nicht so richtig.", antwortete ich. Lieber würde ich das Gespräch mit Eli weiterführen - noch mehr über sie erfahren. Ich wollte alles über sie wissen.

„Geh ruhig, Teo. Du brauchst nicht wegen mir drauf zu verzichten.", mischte Eli sich ein und deutete auf das dunkle Wasser, auf dem sich der Mond spiegelte.

„Eli ist eine Denkerin.", meinte Taavi, „Sie denkt auch gerne mal für sich alleine nach."

Ich spürte, dass ich mich wohl nicht gegen die beiden wehren konnte.

„Aber ich gehe nicht ganz rein.", murmelte ich, stand auf und klopfte mir den Sand von den Klamotten.

„Das musst du ja auch nicht. Aber eine kleine Abkühlung kann nicht schaden.", meinte Taavi und zog mich mit sich zum Wasser. Ich drehte mich um und warf Eli einen Blick zu. Sie hatte die Augen geschlossen und atmete tief ein und aus, als wollte sie so viel wie möglich von der frischen Nachtluft in sich aufnehmen.

Taavi und ich zogen Schuhe und Socken aus und wenig später watete ich hinter ihm ins Wasser. Es legte sich kalt um meine Beine und ich bekam eine Gänsehaut. Doch nach kurzer Zeit gewöhnte sich mein Körper an die Kälte und ich spürte, wie gut mir die Abkühlung tatsächlich tat. Es fühlte sich an, als würden die Gedanken, die wie Flammen in meinem Kopf loderten, für einen Moment gebändigt werden.

„Die sind echt verrückt.", Taavi stand neben mir und deutete auf die anderen, die sich kreischend ins Wasser warfen. Lotte hatte sich etwas von dem Trubel entfernt und trieb auf der glitzernden Wasseroberfläche; den Blick in den Himmel gerichtet.

„Das stimmt.", sagte ich, „Diese Nacht ist verrückt."

Irgendwie hatte ich das Gefühl, mit Taavi über meine Gedanken reden zu können. Er gab einem ein Gefühl von Sicherheit.

„Eine angenehme Sommernacht. Ich liebe es.", stimmte er mir zu, „Kommst du sonst nicht so viel raus?"

Er hatte mich sofort durchschaut.

„Doch, schon. Aber anders.", gestand ich, „So etwas wie heute habe ich noch nicht erlebt."

Einen Moment schwieg Taavi. Dann fragte er: „Wie habt ihr euch nochmal kennengelernt? Eli und du? Du hast von einem klassischen Konzert erzählt?"

„Ja.", bestätigte ich knapp.

„Was das Leben doch für Überraschungen bereithält.", stellte Taavi fest und schmunzelte, „Hättest du vor ein paar Stunden erwartet, jetzt an diesem Ort zu sein? Mit uns?"

Was für eine Frage.

„Ich hätte eher damit gerechnet, dass ich von Aliens entführt werde und die Nacht mit ihnen auf dem Mars verbringe."

Taavi lachte laut. Hunter warf uns einen Blick zu und winkte: „Kommt doch her!"

„Wir sind hier ganz zufrieden!", rief Taavi zurück. Dieses Mal dankte ich ihm. Das Wasser, das uns bis über die Knie reichte, war angenehm. Doch auf die wilde Wasserschlacht konnte ich gerade gut verzichten.

„Du magst sie wirklich, oder?", fragte Taavi plötzlich und mein Herz setzte einen Moment aus. Ich wusste sofort, um wen es ging. Ich schluckte und antwortete mit rauer Stimme: „Ja. Ich denke schon."

Taavi nickte. Worauf wollte er hinaus? Warum lenkte er das Gespräch in diese Richtung?

„Ich mische mich nicht gerne in die Angelegenheiten anderer Leute ein.", redete er weiter. Mir war immer noch nicht klar, was seine Worte zu bedeuten hatten. Mochte er Eli etwa auch? Natürlich mochte er sie, sie waren schließlich befreundet. Aber gingen seine Gefühle über diese Freundschaft hinaus? Hatte er mich in diese Situation gebracht, um mir zu vermitteln, dass er keine Konkurrenz akzeptierte? So hätte ich ihn eigentlich nicht eingeschätzt.

„Eli...ist nicht die, für die du sie vielleicht hältst.", sagte Taavi schließlich. Mir wurde immer unwohler in meiner Haut und ich spürte, wie sich die Kälte des Wassers plötzlich doch unangenehm in meinem gesamten Körper ausbreitete. Ich legte die Arme um mich und versuchte, das Zittern zu unterdrücken, das sich in meine Beine schlich.

„Wie meinst du das?", fragte ich und hoffte auf eine einfache Erklärung. Ein Missverständnis. Eine harmlose Überinterpretation seiner Worte.

„Ich will nicht zu viel verraten. Das ist nicht meine Aufgabe. Ich will dir nur sagen...dass du vorsichtig sein solltest.", Taavi sprach noch immer in Rätseln. Was sollte das Ganze? Was versuchte er zu erreichen?

„Das ist nicht fair!", sagte ich etwas zu laut.

Ich drehte mich zu Eli um, die in einiger Entfernung am Strand saß. Noch immer mit geschlossenen Augen. Wie eine wunderschöne Statue, die man stundenlang bewundern konnte.

„Ich will dir sagen, Teo, dass du dir keine Hoffnungen machen solltest, wenn es um Eli geht.", bei jedem weiteren Wort wurde mir kälter und ein leichtes Schwindelgefühl breitete sich in mir aus, „Rede mit ihr. Ich weiß nicht, wann sie vorhat, es dir zu sagen. Ich werde das nicht tun. Das ist wie gesagt nicht meine Aufgabe. Aber...rede mit ihr."

„Ich weiß echt nicht, was das soll.", entgegnete ich und konnte die aufsteigende Wut in mir nicht unterdrücken, „Bist du eifersüchtig oder was?"

„Eifersüchtig?", fragte Taavi und sah mich irritiert an. Dann drehte er sich unsicher zu Eli um und legte den Zeigefinger an die Lippen, um mir zu signalisieren, dass wir leise sprechen sollten. Das war mir in diesem Moment allerdings vollkommen egal.

„Vielleicht hat gar nicht Eli ein Geheimnis, sondern du. Und vielleicht gefällt es dir einfach nicht, dass sie mich mag und mir mehr Aufmerksamkeit schenkt als dir."

Mir fielen wenige Situationen aus meinem Leben ein, in denen ich wirklich wütend und angreifend einem anderen Menschen gegenüber wurde. Doch ich konnte einfach nicht verstehen, was Taavi versuchte, mir mitzuteilen. Bis vor wenigen Augenblicken sah ich in ihm eine Person, der ich vertrauen und mit der ich über meine Gefühle sprechen konnte. Jetzt war ich mir nicht mehr sicher, was ich überhaupt noch denken und glauben sollte.

Und so erfand ich meine eigene Wahrheit.

„Du verstehst das ganz falsch.", meinte Taavi und sah mich mit großen Augen an, „Ich mag Eli. Da war nie mehr und da wird auch nie mehr sein, glaube mir. Es geht hier nicht um mich. Sondern um dich. Ich sehe, dass da etwas zwischen euch ist. Ich kenne dich nicht gut, Teo. Aber ich denke, ich kann dich ganz gut einschätzen. Du bist ein netter Kerl und ich möchte nicht, dass du…zu viel in das Ganze hineininterpretierst. Es ist wahrscheinlich nicht so, wie du es dir vorstellst. Weißt du, ich versuche einfach nur, etwas Klarheit in die Situation zu bringen."

„Du erreichst aber das genaue Gegenteil! Ich habe das Gefühl, alles wird immer nur verwirrender und undeutlicher. Wenn es nicht so ist, wie ich denke, wie ist es dann?", fragte ich nachdrücklich.

„Das kann dir nur Eli sagen."

Kapitel dreizehn

„Ich glaube, wir werden uns bald mal auf den Weg nach Hause machen.", meinte Hunter und blickte in die Runde. Nachdem sich alle im Wasser abgekühlt hatten, lagen wir wieder ums Lagerfeuer herum und die meisten hingen ihren eigenen Gedanken nach. Ab und zu stimmte Dave einen Akkord auf der Gitarre an, doch die meiste Zeit sah er zufrieden lächelnd in die Flammen oder unterhielt sich leise mit einem Freund, der neben ihm saß.

Ich dachte über das Gespräch nach, das ich vor wenigen Minuten mit Taavi geführt hatte. Noch immer konnte und wollte ich nicht verstehen, was seine Worte zu bedeuten hatten. Sein vielsagender Blick, nachdem er mir riet, mit Eli zu sprechen, ging mir nicht mehr aus dem Kopf. Lag da Mitleid in seinem Blick?

„Es ist echt spät langsam. Oder eher gesagt früh.", fügte Hunter hinzu. Er warf Lotte einen Blick zu. Und da war es wieder. Dieser mitleidige Gesichtsausdruck. Die gehobenen Augenbrauen, das entschuldigende Lächeln. Als würde Hunter wissen, dass Lotte etwas Schweres bevorstand.

„Sieht ganz danach aus.", stimmte sie seufzend zu. Ich folgte ihrem Blick, der in der Ferne auf den Horizont gerichtet war. Schon bald würde die Sonne wieder mit ihrer vollen Kraft am Himmel stehen. Wir hatten die gesamte Nacht draußen verbracht.

„Du musst auch bald los, oder Eli?", mischte sich Miriam ein. Sie legte die Arme um ihren eigenen Körper, als würde sie frieren; oder sich vor etwas schützen wollen.

Eli nickte. Sie stand auf und ging langsam zu ihren beiden Freundinnen hinüber. Miriam und Lotte erhoben sich ebenfalls. Erst fiel Lotte Eli um den Hals, dann Miriam. Sie drückte ihre Freundin ganz fest an sich. Als wäre es ein Abschied. Nicht bis zum nächsten gemeinsamen Sommerabend. Sondern für längere Zeit.

Für immer?

„Das ist echt ein Phänomen, was?", wandte Dave sich von der Seite an mich. Auch er beobachtete das wundersame Geschehen.

„Was genau?", fragte ich, konnte meinen Blick dabei allerdings nicht von Eli lösen. Sie hatte mir den Rücken zugewandt. Ich betrachtete ihre glänzenden, schwarzen Haare. Und die rote Bluse, in deren Stoff sich Miriams grün lackierte Nägel krallten.

„Wenn Frauen trinken, werden sie sentimental. So oft erlebe ich, sie sich in den Armen liegen und sich ewige Freundschaft versprechen, obwohl sie sich in nüchternem Zustand nicht einmal ansehen.", erklärte Dave und lachte. Dabei stieß er mit der Hand gegen die Gitarrenseiten und laute, dissonante Klänge durchbrachen die Ruhe.

Eli drehte sich zu uns um. Auch Miriam warf Dave einen Blick zu. Sie schniefte kurz und wischte sich unauffällig über die Wange. Trotz der aufgehenden Sonne war es noch zu dunkel, um Details zu erkennen.

Weinte sie?

Als Arthur sich schließlich aus dem Sand erhob, hörte ich eine überraschte Frauenstimme rufen: „Willst du auch schon gehen?"

Ich brauchte nicht hinzugucken, um zu wissen, dass es sich um eine der Frauen handelte, die uns im Taxi begleitet hatten. Das Interesse beruhte also auf Gegenseitigkeit und Arthur hatte die beiden mit seinem Charme verzaubert. Oder sie mit seinem beachtlichen Sixpack zumindest so beeindruckt, dass sie auf seine oberkörperfreie Anwesenheit nicht verzichten wollten.

„Ich denke, es wird langsam Zeit.", meinte Arthur und zuckte mit den Schultern. Es gab eine kurze Pause und ich hörte ein leises Seufzen aus der Richtung der beiden enttäuschten Frauen.

„Wie heißt ihr denn bei Instagram?", fragte Arthur und ging zu ihnen hinüber.

Während sie zu meiner Rechten ihre Namen austauschten und sich nach Arthurs Abgang leises Kichern und Flüstern breitmachte, konnte mich noch immer nichts von dem Geschehen zu meiner Linken ablenken.

Eli strich Lotte eine rote Strähne hinters Ohr und flüsterte ihr etwas zu. Lotte nickte und lächelte gequält. Als ich mich umsah, bemerkte ich, dass Taavi mich ansah. Unsere Blicke trafen sich kurz und ich stellte mir vor, dass sich in diesem Moment ein einziges großes Fragezeichen auf meinem Gesicht bildete. Taavi schüttelte kaum merklich den Kopf. Dann stand auch er auf und gesellte sich zu seinen Freunden, die mittlerweile alle in einem Kreis standen. Ich war der einzige, der noch immer ratlos im Sand saß. Dieser fühlte sich plötzlich kalt und hart an.

Das Knistern des Feuers war nicht mehr beruhigend, sondern bildete einen nicht auszuhaltenden Lärm in meinen Ohren. Ich raufte mir die Haare und kniff die Augen zusammen.

„Ey, alles klar bei dir?", fragte Dave, „Hast du zu viel getrunken?"

Ich zuckte leicht zusammen. Dann schüttelte ich den Kopf. Erst langsam, dann schneller. „Alles gut."

„Und was ist mit den anderen?", erkundigte sich Dave und sah irritiert zu Eli und ihren Freunden hinüber, „Die sehen plötzlich nicht mehr so begeistert aus. Wegen einer Nacht ohne Schlaf so miese Laune? Mein Opa würde jetzt sagen: *Mit der Jugend von heute ist nichts mehr los.*"

„Hm.", machte ich.

Dave beobachtete die anderen noch eine Weile. Sie standen in einigen Metern Entfernung und redeten leise miteinander. Miriam hatte Eli den Arm um die Schultern gelegt.

„War auf jeden Fall cool, euch kennengelernt zu haben.", meinte Dave, „Man sieht sich immer zwei Mal im Leben. Ist ein Sprichwort und ich halte normalerweise nicht viel von Sprichwörtern. Aber an diesem ist wirklich was dran."

Ich dachte einen Moment über seine Worte nach. Und ich war mir nicht sicher, ob ich ihm zustimmte.

„Hat Spaß gemacht.", sagte ich, „Happy birthday nochmal."

Dave lachte leise. „Danke, dir auch. Genieße die Volljährigkeit. Sie öffnet dir viele Türen. Alle, um genau zu sein."

Seltsam, dass es meine Aufgabe war, mich für meine Gruppe von Dave und seinen Freunden zu verabschieden. Als wäre ich ein fester Bestandteil und könnte stellvertretend für Eli und ihre Freunde sein.

Doch ich fühlte mich in diesem Moment so weit von ihnen entfernt wie zu keinem anderen Zeitpunkt in dieser Nacht. Während ich mich von Dave verabschiedete, waren sie bereits auf dem Weg zur Straße, an der sich ihre Wege trennen würden.

Als ich zu Eli und ihren Freunden stieß, die am Straßenrand standen, wirbelten meine Gefühle durcheinander. Es war wie ein Sturm im Sommer. Man dachte, alles war schön, warm und blühte. Und dann kam der Wind, der Blütenblätter mit sich riss, das Wasser aufwirbelte und den Menschen die Sicht versperrte.

Die Nacht war vorbei. Ich hatte gedacht, sie würde nie enden. Ich hatte es gehofft. Doch da stand ich nun und wusste nicht, was passieren würde. Ich fühlte mich ausgeschlossen aus der Situation; spürte, dass etwas vor sich ging. Doch ich konnte nicht identifizieren, was es war. Ich kannte meine Begleiter eben erst seit einer Nacht. Und sie sich sicher ein halbes Leben.

„Melde dich.", sagte Taavi gerade. Er stand Eli gegenüber und sah sie mit großen Augen an. Die nickte und umarmte ihren Freund. Ich suchte Taavis Blick, als er sein Kinn auf Elis Schulter legte und sie an sich drückte. Doch er schaute in die Ferne.

Nachdem Eli sich von Taavi gelöst hatte, umarmte sie erst Hunter, dann Arthur. Er flüsterte ihr etwas ins Ohr.

Sie nickte, schloss die Augen und verweilte noch einen Moment in der Umarmung. Auf Arthurs Gesicht machte sich ein gequälter Ausdruck breit, der mir Angst machte. Er sagte etwas, das sich anhörte wie *Mach's gut*.

Miriam und Lotte standen neben mir und sahen sich traurig an. Ich wollte fragen, was los war. Was war mit Eli? Warum taten alle so, als wäre dies ein Abschied für immer?

Weil es einer war. Zumindest für eine lange Zeit. Doch das wusste ich in dem Moment noch nicht.

Vielleicht ahnte ich es. Doch eingestehen wollte ich es mir nicht. Weil es bedeutete, dass sich diese eine Nacht, diese ganz besondere Nacht, nie wiederholen würde.

Ein letztes Mal lagen sich Lotte, Miriam und Eli in den Armen. Sie tauschten leise Worte aus. Doch ich hörte nicht zu. Es war, als hätte ich mich von der Außenwelt abgekapselt. Ich war gefangen in meinen Gedanken. In den Gedanken, die sich spiralartig in meinem Kopf drehten. Immer und immer tiefer in mein Innerstes hinein brannte sich die Frage: *Werde ich Eli jemals wiedersehen?*

„Ey, wie kommst du eigentlich nach Hause?", Arthur tippte mir auf die Schulter. Erneut zuckte ich zusammen, als hätte man mich aus einem tiefen Schlaf gerissen.

„Äh.", machte ich, weil ich mir darüber bisher keine Gedanken gemacht hatte. Die Kapazität meines Kopfes bot eindeutig keinen Platz für bedeutungslose Überlegungen wie diese.

„Er fährt mit mir.", antwortete Eli für mich.

Ich sah sie an. Und fragte mich, auf welche Weise mich dieses Mädchen noch überraschen wollte.

„Mit dir?", fragten Arthur und ich gleichzeitig. Ich lachte kurz über diesen Zufall, dann galt meine gesamte Aufmerksamkeit wieder Eli.

„Ja mit mir.", bestätigte sie, „Ich hole uns einen Roller. Dann bringe ich dich nach Hause, okay, Teo?"

Was war das für eine Frage? Alles war okay, mehr als okay, wenn ich mehr Zeit mit ihr verbringen konnte. Und hoffentlich einige Antworten erhielt.

„Bist du nicht noch betrunken? Und was ist mit deinem Fuß?", meldete sich Miriam unsicher zu Wort und sah zwischen Eli und mir hin und her.

„Mein letztes Bier, das Taavi mir vor zwei Stunden aufgedrängt hat, habe ich nur zur Hälfte getrunken. Und davor gab es das letzte Mal im Club Alkohol. Mittlerweile sollte das wieder gehen. Außerdem ist nichts los auf den Straßen. Und mein Fuß ist dabei auch kein Problem. Das ist nicht wie Autofahren, Miriam, ich muss keine Pedale benutzen.", erklärte Eli und klang dabei, als würde sie mit einem kleinen Kind sprechen. Sie machte eine wegwerfende Handbewegung. Ganz wohl war mir bei ihren Aussagen nicht. Doch ich hatte keine andere Wahl. Das Adrenalin herrschte seit einigen Stunden über meinen Körper und verleitete mich zu einer gewissen Risikobereitschaft.

„Fahr bitte vorsichtig.", meinte Arthur und machte ein ernstes Gesicht, „Ich kann dir auch ein Taxi bezahlen… oder euch."

Er bedachte mich mit einem starren Blick. Als er Eli wieder ansah, wurden seine Gesichtszüge weicher. Er mochte sie wirklich.

Ich fühle mir dir, Arthur, dachte ich in diesem Moment.

„Leute, ich kriege das hin. Ich bin schon ein bisschen länger auf den Straßen unterwegs, als ihr.", wiederholte Eli. Eine weitere Aussage, die mich zum Nachdenken brachte.

„Na gut.", stimmte Lotte zu, „Dir kann man sowieso nichts ausreden. Ich denke, das kriegt ihr hin."

Eli warf ihr einen liebevollen Blick zu und formte mit den Lippen ein langgezogenes *Danke*.

„Zweihundert Meter in diese Richtung steht ein Emmy-Roller.", wandte sie sich dann an mich, „Lass uns den nehmen."

Roman und ich waren bereits einige Male mit den besagten Rollern gefahren. Es handelte sich um praktische Elektro-Roller in einer auffälligen orangen Farbe, die man in Hamburg mit einer App ausleihen und fahren durfte, wenn man einen Autoführerschein besaß. Sie konnten wahre Lebensretter sein, wenn sich keine S- oder U-Bahn-Station in der Nähe befand oder es einfach zu spät war. Auch die Großstadt ruhte manchmal.

„Okay.", bestätigte ich und wusste, dass nun der Moment gekommen war, in dem ich mich von den anderen verabschieden musste. Ich hasste Abschiede, bei denen man nicht wusste, wie es weiterging. Sollte ich Elis Freunde nach ihren Nummern fragen? Fragen, wo sie wohnten? Sollte ich darauf vertrauen, dass Eli und ich in Kontakt blieben und ich durch sie auch ihre Freunde wiedersehen würde?

Spontan entschloss ich, dass die letzte die einfachste Lösung war.

„Hat mich gefreut, dich kennenzulernen", wandte sich Taavi an mich. Ich nickte und umarmte ihn kurz. Unser Gespräch war noch immer sehr präsent in meinem Kopf und ich wusste nicht mehr genau, was ich von ihm halten sollte. Dennoch war er mir aus der Gruppe am sympathischsten. Gerne hätte ich ihn noch einmal auf seine Andeutungen angesprochen. Doch mit Eli und den anderen um uns herum war das nicht die richtige Gelegenheit.

Ich musste darauf vertrauen, dass Eli mir die versprochenen Erklärungen lieferte. Wie Taavi es gesagt hatte.

Nachdem Lotte und Miriam mich ebenfalls in den Arm nahmen, Arthur mir zum Abschied auf die Schulter klopfte und Hunter mir zunickte, drehte ich mich zu Eli um. Sie sah mich auffordernd an. Ich nickte.

Gefolgt von ihren Freunden brachen wir auf. Die Stimmung hatte sich eindeutig verändert. Und ich war mir sicher, dass das nicht nur an der Müdigkeit lag, die uns langsam überkam. Schweigend trotteten wir nebeneinander her, ließen unsere Blicke rastlos durch die Gegend schweifen und erreichten schließlich den Emmy-Roller, der durch seine auffällige Farbe in der dämmrigen Umgebung fast wie eine zweite aufgehende Sonne wirkte. Eli drückte kurz auf ihrem Handy herum, dann öffnete sie einen Kasten, der am Hinterteil des Rollers befestigt war. Sie zog zwei Helme heraus und reichte mir einen von ihnen.

„Und wir sollen wirklich nicht mitkommen?", richtete sich Lotte an Eli, die gerade mit einem lauten Klicken den Verschluss ihres Helms schloss.

„Wirklich nicht.", bestätigte Eli mit einem Lächeln auf den Lippen. Lotte nickte und verkroch sich unter Hunters Arm, der sich schützend um ihre Schultern schlang.

Eli schaltete den Roller an und nickte mir zu. Ich winkte Hunter, Arthur, Taavi, Lotte und Miriam zu, die Seite an Seite am Straßenrand standen.

„Das war's dann wohl.", meinte Miriam.

„Das war's dann wohl.", wiederholte ich.

„Das war's dann wohl.", sagte Eli leise und seufzte.

Ich dachte, war sprachen von der Sommernacht.

In Wirklichkeit ging es um so viel mehr.

Es ging um alles.

Kapitel vierzehn

Ich wusste nicht, wie ich darauf kam, dass Eli mich wirklich nach Hause bringen würde. Diese Nacht konnte nicht ein solch einfaches Ende nehmen. Alles war so unwirklich. Die Geschehnisse häuften sich. Und es konnte nicht damit aufhören, dass Eli mich vor meiner Haustür absetzte, ich mich in mein Bett verkroch und am Nachmittag meinen achtzehnten Geburtstag in Gesellschaft meiner Eltern zelebrierte.

Welches Ende diese Nacht nehmen würde, hätte ich trotzdem niemals erwartet.

Es war wunderschön, durch das ganz langsam erwachende Hamburg zu fahren. Die Stadt ruhig und fast menschenleer vorzufinden, kam nicht oft vor. Ich schlang meine Arme um Elis schlanken Körper und drückte meine Oberschenkel fest an ihre. Es wäre gar nicht nötig gewesen, mich festzuhalten. Mit einer Höchstgeschwindigkeit von knapp fünfzig Kilometer pro Stunde war die Gefahr, vom Roller zu fallen, nicht gerade groß. Doch ich genoss die Nähe.

Erneut wurde mir bewusst, wie schön Hamburg eigentlich war. Wie grün im Vergleich zu anderen Großstädten. Wir hatten den Strand, die Alster, auf der bereits am frühen Morgen einige kleine Segelboote zu sehen waren; wir hatten aufregende Party-Meilen, die auch ich endlich kennenlernte. Wir hatten laute Straßen voller Leben und kleine Gassen, die zu versteckten Orten führten.

Während Eli den Blick auf die Straße richtete, blickte ich mich um. Ich fühlte mich wie einer der unzähligen

Touristen, die jeden Tag durch die Stadt liefen. Es fühlte sich an, als würde ich meine Heimat das erste Mal richtig wahrnehmen. Hamburg um fünf Uhr morgens war eine vollkommen andere Stadt als Hamburg um fünf Uhr am Nachmittag.

Im Nachhinein fragte ich mich, wann mir auffiel, dass wir bereits an der Gegend, in der ich wohnte, vorbeigefahren waren. Ich hatte Eli meine genaue Adresse nicht gesagt. Sie hatte keine Ahnung, wo ich wohnte. Es wurde mir erst bewusst, als wir bereits weiter im Norden Hamburgs angekommen waren und Eli keine Anstalten machte, anzuhalten.

Ich beschloss, ihr zu vertrauen. Hatte sie Hunger? Wollte sie sich mit mir bei irgendeinem Bäcker am Straßenrand ein schnelles Frühstück besorgen? Faszinierte sie die ruhige, morgendliche Großstadt genauso sehr wie mich? Wollte sie selbst noch nicht nach Hause? Noch mehr Zeit mit mir verbringen?

Ich beschloss, ihr zu vertrauen.

Als ich so darüber nachdachte, wollte ich auch noch nicht nach Hause. Noch lange nicht.

Von mir aus hätte diese Nacht nie enden sollen.

Doch die Zeit ließ sich von den Wünschen eines jungen Menschen nicht beeinflussen.

Wir fuhren weiter. Eine lange Strecke. Zwischendurch drehte Eli sich kurz zu mir um und rief: „Gut, dass der Roller voll aufgeladen war!"

Ich hatte keine Ahnung, wie lang wir unterwegs waren. Es kam mir vor wie eine Ewigkeit und gleichzeitig wie wenige Augenblicke; weil ich so viel nachdachte, so viele Eindrücke sammelte und alles so unglaublich schön war.

Leider gingen die schönsten Dinge am schnellsten vorüber.

Je weiter wir fuhren, desto mehr fragte ich mich, was unser Ziel war. Die große Außenalster hatten wir längst hinter uns gelassen und Eli fuhr immer weiter in Richtung Norden. Was gab es hier? Zwei meiner Klassenkameraden wohnten in dieser Gegend. Was noch? Der Flughafen war in der Nähe.

Der Flughafen. Das war unser Ziel. Ich wusste es sofort. Es gab ein kleines Café, das vor allem am Morgen und Abend eine einmalige Aussicht auf den Flughafen bot.

Sicher freute sich Eli über diese Aussicht. Doch das war nicht der Grund, warum wir hier waren. Warum Eli uns wirklich hergebracht hatte, sollte ich kurze Zeit später erfahren.

„Das *Coffee to Fly*!", ich lächelte, als Eli den Roller am Straßenrand parkte. Ich stieg ab und streckte mich ausgiebig.

„Ja.", bestätigte sie und nickte, „Es hat zwar noch nicht geöffnet, aber die Aussicht ist immer schön."

Das *Coffee to Fly* war ein beliebter Treffpunkt im Norden Hamburgs. Es lag auf einer Brücke, von der aus man fast im Minutentakt startende und landende Flugzeuge beobachten konnte. Vor allem im Sommer war das Café ein beliebter Treffpunkt für Biker. Roman und ich hatten im letzten Jahr eine Fahrradtour gemacht und über die unzähligen Motorräder gestaunt, die dicht an dicht am

Straßenrand abgestellt wurden. Roman scherzte, dass sie alle wie Dominosteine umfielen, würde man eines von ihnen anstoßen.

„Guck mal, wir sind nicht die einzigen, die die Aussicht genießen wollen.", bemerkte ich und deutete auf einen älteren Mann, der es sich mit einer Wolldecke auf einer der Bänke gemütlich gemacht hatte. Neben ihm stand eine blaue Thermoskanne, aus der es dampfte.

„Der macht es richtig.", stellte Eli fest. Als der Mann unsere Stimmen hörte, drehte er sich um und winkte uns zu. Wir winkten zurück, sahen uns an und kicherten leise. Nachdem wir die Helme sicher im schwarzen Kasten am Roller verstaut hatten, schlenderten wir ebenfalls zu den Bänken hinüber. Etwas abseits von dem älteren Mann setzten wir uns.

Bereits am frühen Morgen war am Hamburger Flughafen einiges los. Fahrzeuge fuhren über die riesigen Betonflächen und ein Flugzeug bewegte sich langsam auf die Startbahn zu.

Eine Weile saßen wir schweigend nebeneinander. Unsere Blicke lagen auf einem Flugzeug in der Ferne. Eine Minute stand es still, dann beschleunigte es begleitet von einem lauten Dröhnen. Schließlich lösten sich die vorderen Reifen vom Boden und es erhob sich in die Luft.

Ich fragte mich, wo es wohl hinflog. Welche Menschen hinter den metallenen Wänden saßen. Geschäftsleute, die auf dem Weg zu einem wichtigen Meeting waren? Familien, die sich auf einen erholsamen Strandurlaub freuten? Kinder, die aufgeregt kreischten? Und eine alte Dame, die sich genervt bunte Stöpsel in die Ohren steckte?

„Hey, wollt ihr auch etwas?", riss mich eine tiefe Stimme aus meinen Gedanken. Der ältere Mann neben uns hustete laut, lächelte dann und deutete auf die blaue Kanne neben sich, „Ist zwar schon jetzt ziemlich warm, aber Kakao geht doch immer, oder? Ihr könnt ihn ja abkühlen lassen."

Er hatte recht. Es war warm. Ein weiterer heißer Sommertag im August brach an. Doch auch der zweite Teil seiner Aussage stimmte. Zu Kakao konnte man nicht nein sagen. Ich spürte, wie trocken mein Mund war. Meine Nahrungsquellen der letzten Stunden waren Pommes und Milchshake. Und das Ganze wurde in meinem Magen mit einer großen Menge Alkohol vermengt. Kakao war nicht gerade viel gesünder, doch bei dem Gedanken an die warme Süße lief mir das Wasser im Mund zusammen.

„Klar, gerne.", auch Eli freute sich über das Angebot. Ich stand auf und ging zu dem Mann hinüber.

„Zum Glück habe ich die ganze Packung Plastikbecher eingepackt.", sagte er lachend, während er die gestapelten Becher aus einem kleinen Rucksack zog. Er reichte mir zwei von ihnen und schenkte die verführerisch duftende Flüssigkeit ein.

„Vielen Dank.", sagte ich.

„Ach, kein Problem.", winkte der Mann ab und prostete mir mit seinem Becher zu, „Es gibt doch nichts Schöneres, als mit einem heißen Kakao den Sommermorgen hier zu verbringen."

„Da haben Sie absolut recht.", stimmte ich ihm zu.

„Dann genießt mal euer Date.", der Mann lachte mit kratziger Stimme, „Und lasst euch von mir nicht stören."

Auch ich lachte und ließ ihn in dem Glauben, dass Eli und ich ein Date hatten. War es eins? Nach der gesamten Nacht, die wir zusammen verbrachten, wusste ich es noch immer nicht.

Als ich mich wieder neben Eli setzte, reichte ich ihr einen der beiden Becher. Sie bedankte sich und nahm einen großen Schluck.

„Hm.", machte sie und schloss die Augen, „Das tut gut."

„Auf jeden Fall.", stimmte ich ihr zu und genoss die schokoladige Süße auf meiner Zunge.

Wir konzentrierten uns auf unsere Getränke und hingen erneut unseren eigenen Gedanken nach. Ich wusste, dass ich etwas sagen musste, wenn mein Becher leer war. Ich konnte mir vorstellen, dass auch Eli mit mir reden wollte. Doch würde sie den Anfang machen? Einen Anfang zu finden war in den meisten Fällen schwer.

Ich versuchte, mir im Kopf passende Worte zusammenzusuchen und Fragen zu formulieren, die nicht zu direkt waren, als Eli plötzlich ihre Gedanken laut aussprach: „Was für eine Nacht…"

Ich war froh über ihren Einstieg, der es mir leichter machte. Ich seufzte und wiederholte ihre Worte: „Was für eine Nacht."

„Hast du erwartet, dass es sich so entwickelt?", fragte Eli und ich war mir nicht sicher, worauf genau sie sich bezog.

„Nein.", antwortete ich und meinte damit alles, „Wie hätte ich damit rechnen sollen? Ich meine, deinen Ohrring zu finden und dich dann ein zweites Mal zu treffen…am Hauptbahnhof. Zwischen tausenden Menschen. Vierzehn verschiedenen Gleisen."

„Das Leben kann schon verrückt sein."

„Eindeutig."

„Aber gib es zu. Du hast mich während des Konzerts beobachtet!", Eli hatte mich ertappt. Aber um ehrlich zu sein, war es sehr offensichtlich, dass ich ihr eindeutig mehr Aufmerksamkeit geschenkt hatte als den anderen Konzertbesuchern. Wie sonst hätte ich mich an ihren Ohrring erinnern sollen?

„Zwischen all den alten Damen bist du mir eben besonders aufgefallen.", gestand ich und versuchte, meine Unsicherheit durch ein leises Lachen zu überspielen.

„Willst du mir damit sagen, es hätte auch jedes andere Mädchen vor dir sitzen können und du hättest es beobachtet? Hauptsache, es zieht den Altersdurchschnitt der Konzertbesucher deutlich nach unten?", Eli sah mich mit hochgezogenen Augenbrauen an und stemmte die Hände in die Hüften.

„Nein, nein.", wehrte ich ab, „Du…natürlich bist du mir aufgefallen, weil du hübsch bist. Wunderschön. Aber vor allem mochte ich es, wie dich die Musik berührt hat. Das war ganz deutlich. Das hat mich an dir fasziniert. Ich saß mit meinen Eltern in diesem Saal und habe mir in dem Moment nichts mehr gewünscht, als dass das Konzert zu Ende ist. Und dann saßt du da. Und ich wusste, dass du es liebst. Die Instrumente und wie sie zusammen den Raum füllten."

Eli öffnete den Mund, schloss ihn wieder und dachte einen Moment nach. Dann antwortete sie: „Eigentlich wollte ich dich nur ein bisschen triezen. Aber…wow. Das klang gerade wirklich schön."

Ich lächelte. Ich sah ihr in die Augen. Und erneut spürte ich das Verlangen, sie zu küssen. Irgendwann musste ich den Mut zusammennehmen. Irgendwann musste es passieren. Ich spürte es. Und sie musste es auch spüren. Zwischen uns existierte diese Anziehungskraft, die ich bisher nicht kannte.

Als ich mich in ihre Richtung beugte, schlug mein Herz immer schneller. Plötzlich war alles still. Ich blendete alles aus. Hörte nichts mehr; als wäre ich in tiefes Gewässer getaucht. Sah nur noch Eli. Ihre Augen leuchteten. Grün. Eine Mischung aller Sprenkel in den verschiedensten Grüntönen auf Monets Gemälde *Der Seerosenteich*.

Elis rechter Mundwinkel zuckte leicht, wie ich es nach der kurzen Zeit unserer Bekanntschaft bereits oft gesehen hatte. Sie legte ihre Stirn leicht in Falten und hielt den Atem an. Ich war nur noch wenige Zentimeter von ihrem Gesicht entfernt.

Bevor ich meine Lippen auf ihre legen konnte, zuckte sie zurück und wandte sich ab. Ich stockte in meiner Bewegung; presste meine Lippen aufeinander. Hatte ich etwas falsch gemacht?

Langsam drehte auch ich mich von ihr weg und ließ mich gegen die Holzlehne der Bank sinken. Mein Herzschlag ging noch immer ungewöhnlich schnell, meine Handflächen schwitzten und ich hatte Mühe, meinen Atem unter Kontrolle zu bringen.

Fast hätte ich es geschafft.

„Weißt du, Teo, ich schätze deine Ehrlichkeit.", hörte ich Elis leise Stimme neben mir, „Es gibt nicht viele Menschen, die von Anfang an wirklich ehrlich mit dir sind. Doch du warst es. Und das ist eine sehr wichtige Eigenschaft. Behalte das bei."

Ich nickte. Fragte nicht nach. Hoffte auf eine Erklärung. Eine Erklärung, die mir Hoffnung machte. Doch wie sollte sich der Fakt, dass Eli mich nicht küssen wollte, noch zum Guten wenden?

„Und weil du die ganze Zeit über ehrlich zu mir warst, bin ich dir etwas schuldig. Die Wahrheit. Meine Wahrheit.", sprach Eli weiter, „Meine Geschichte."

Taavis Worte kamen mir wieder in den Sinn: *Eli ist nicht die, für die du sie vielleicht hältst.*

Wer war sie?

„Erzähle mir deine Geschichte.", sagte ich. Als ich mich zu Eli drehte, war ihr Blick in die Ferne gerichtet. In die Richtung der hohen Bäume, die hinter der Startbahn aufragten. Hinter der Bahn, auf der so viele Menschen ankamen. Und gingen.

Eli seufzte. Dann wandte sie sich mir zu. Sie zog ihre Beine auf die Bank und machte es sich im Schneidersitz gemütlich. Mit durchgestrecktem Rücken und entschlossenem Blick hielt sie mir die Hand hin: „Hey, ich bin Elisa, zwanzig Jahre alt. Ich lebe seit zehn Jahren in New York."

Kapitel fünfzehn

Ich stutzte. Was war das für ein Spiel? New York? Lustig. Da wollte ich auch schon immer mal hin. Ehrlich gesagt sparte ich schon seit Jahren für eine große Reise durch die USA. Das bisschen Taschengeld, das ich regelmäßig zurücklegte, reichte allerdings bei Weitem noch nicht.

Fragend sah ich Eli an. Noch immer hielt sie mir ihre Hand hin. Also entschloss ich mich, mitzuspielen: „Hallo. Ich bin Matteo…und ich bin erfolgreicher Musiker. Ich gebe ein paar Konzerte in Hamburg und ziehe dann weiter…nach Spanien."

Eli schüttelte den Kopf und zog ihre Hand weg.

„Teo, ich mache keine Scherze. Manchmal ja, aber jetzt gerade nicht."

Ich hörte ihre Worte. Doch sie schienen nicht bis zu mir durchzudringen. Ich verstand nicht, was sie mir sagen wollte.

„Ich lebe in New York.", wiederholte sie und sah mir in die Augen. Ich hoffe, dass sie im nächsten Moment in schellendes Gelächter ausbrechen und mir sagen würde, dass sich doch nur scherzte. Ich hoffe, sie wollte einfach nur mein total verwirrtes Gesicht sehen und mich im Nachhinein damit aufziehen.

Doch ihr Blick war ganz ernst. Sie verzog keine Miene. Und in dem Moment wusste ich, dass sie die Wahrheit sagte.

„Du lebst in New York.", wiederholte ich Elis Worte und ein Kloß bildete sich in meinem Hals. Ich überlegte, was das für sie bedeutete. Was das für mich bedeutete.

Und für uns.

Es würde kein *uns* geben. Kein *wir*.

„Du hast es erfasst.", bestätigte Eli und seufzte.

Ich nickte.

„Es tut mir leid.", sagte Eli leise.

„Ich…", setzte ich an und für einen Moment fehlten mir die Worte, „Ich weiß nicht, was ich dazu sagen soll."

„Du musst nichts sagen.", meinte Eli, „Ich denke, jetzt ist es für mich an der Zeit, zu reden."

Wieder nickte ich. Ich biss mir auf die Unterlippe, weil sie leicht zu zittern begann. Der Kakao lag mir plötzlich schwer im Magen.

„Es ist irgendwie seltsam. Ich habe die erste Hälfte meines Lebens in Hamburg verbracht. Die zweite Hälfte in New York. Zehn Jahre sind eine lange Zeit. Die Kindheit in Hamburg, die Jugend in New York, könnte man sagen. Und obwohl ich an New York viel mehr Erinnerungen habe, werde ich Hamburg immer als meine wahre Heimat ansehen."

„Ich stelle mir das Leben in New York wirklich aufregend vor.", war das einzige, was mir dazu einfiel. Ich versuchte, mir Eli vorzustellen. In dieser riesigen Stadt. Umgeben von Wolkenkratzern, gelben Taxis und gestressten Geschäftsleuten. Seltsamerweise hatte ich sofort ein sehr klares Bild vor mir. Sie passte in diese Stadt. Zumindest in meine Vorstellung von ihr.

„Das höre ich oft.", bezog sich Eli auf meine Aussage, „Alle Menschen glauben immer, New York sei das Beste, was einem passieren könnte. Wenn man es dorthin geschafft hat, kann einem nichts mehr passieren. Klar, New York ist aufregend, groß und vielseitig. Doch es ist auch laut, überfüllt und dreckig. Wie jede Großstadt eben. Aber New York ganz besonders. Irgendwann ist es wie mit jedem anderen Ort, an dem man viel Zeit verbringt. Man gewöhnt sich daran. Und irgendwann ist New York einfach nur noch New York. Eine Stadt wie jede andere."

Im ersten Moment konnte ich mir nicht vorstellen, dass ich mich jemals daran gewöhnen würde, in einer solchen weltbekannten Stadt zu leben. Doch dann kam mir in den Sinn, dass auch Hamburg ein beliebtes Reiseziel war, dass jedes Jahr unzählige Touristen anzog. Es war meine Heimat. Und auch ich hatte mich daran gewöhnt, hier zu leben. Ich kannte es nicht anders.

Nur selten wurde einem der Zauber eines Ortes, den man schon tausende Male gesehen hatte, bewusst. Die letzte Nacht hatte mir erneut gezeigt, welche Abenteuer meine Heimat für mich bereithielt.

„Ich glaube, dass ich Hamburg noch immer als meine Heimat ansehe, liegt daran, dass ich hier alles gelernt habe. Meine ersten Schritte lief ich auf Hamburger Boden. Ich habe hier sprechen, lesen und schreiben gelernt. Meine besten und ältesten Freunde habe ich noch immer in dieser Stadt. Sie bleiben, auch, wenn ich sie leider nur selten sehe.", erklärte Eli, „Die Kindheit prägt einen Menschen. Was dort passiert, macht die spätere Persönlichkeit aus. Es ist tief in dir verankert, auch, wenn du dich an vieles nicht mehr erinnerst."

„Das klingt logisch.", meinte ich und nickte wieder. Es fühlte sich an, als wäre mein Körper nicht mehr zu vielen anderen Dingen fähig. Ich war wie gelähmt durch den Gedanken, dass Eli ein Leben tausende Kilometer von mir entfernt führte. Und gleichzeitig wurde ich in den Bann ihrer Worte gezogen. Ich sog sie in mich auf und wollte alles, alles über dieses Mädchen wissen.

Auch, wenn es den Traum, den ich in den letzten Stunden gelebt hatte, beendete.

„Als sich meine Eltern damals getrennt haben, war es wirklich schlimm für mich. Ich weiß, viele Kinder müssen das durchmachen. Sehr viele. Man sagt es so leicht: *Meine Eltern sind getrennt.* Und man akzeptiert es einfach: *Oh, okay.* Meistens steckt hinter dem Ganzen eine ziemlich traurige Geschichte. Für mich war diese Zeit sehr schwer. Denn die Trennung bedeutete für mich nicht nur, dass ich nicht mehr mit meinen Eltern zusammenlebte - ich musste mich für ein Elternteil entscheiden. Meine Mutter wollte nach Frankfurt ziehen. Dort lebten ihre Schwester und ihr Vater. Mein Vater nahm eine Stelle in New York an, die ihm kurz vor der Trennung von der Arbeit angeboten wurde. Egal, mit wem ich ging, ich verlor eine ganze Menge. Da ich schon immer eher ein Papa-Kind war und fast keinen Kontakt zu der Familie meiner Mutter hatte, ging ich mit ihm. Ich war zehn Jahre alt. Darüber, dass ich nicht nur in ein anderes Land, sondern auf einen ganz anderen Kontinent ziehen und eine neue Sprache lernen musste, hatte ich gar nicht nachgedacht.

Es gab einen riesigen Streit zwischen meinen Eltern. Meine Mutter wollte mich nicht gehen lassen und ich wollte sie nicht verlassen. Doch das Schlimmste wäre für mich der Verlust meines Vaters gewesen."

Ich schluckte. „Das tut mir wirklich leid, Eli. Das klingt nach einer schweren Zeit."

„Ach, das muss dir nicht leidtun. Es ist schon wirklich lange her. Und das Leben entscheidet eben manchmal, dass man einen anderen Weg gehen soll, als den, den man sich gewünscht hat. Ich habe viel gelernt. Über mich. Und über die Welt. Ich musste viel durchmachen. Und klar, oft war ich traurig. Aber irgendwann lernt man, mit jeder Lebenssituation klarzukommen und die guten Dinge zu sehen. Es gibt die Eli aus Hamburg und die Eli aus New York. Eine Art Doppelleben könnte man sagen. Im positivsten Sinne. Es ist nicht immer leicht und hat natürlich einige Nachteile. Doch ich muss sagen, ich bin mittlerweile sehr dankbar dafür. Man muss seinen Frieden mit der Vergangenheit schließen."

Elis Worte hallten in mir nach. So viele Informationen.

„Du…du wirkst so stark. Du ruhst so in dir selbst. Ich habe mich im Laufe des Abends oft gefragt, wo und wie du das gelernt hast.", sprach ich aus, was mir durch den Kopf ging.

„Ich glaube, wenn ein Mensch aus seinem Leben gerissen wird und an einem anderen Ort ein neues startet, muss er in gewisser Weise stark sein. Man muss ankommen. Neue Freundschaften schließen. Es ist, als würdest du neu geboren werden. Ein Baby hat allerdings einige Jahre Zeit, um sich an das Leben zu gewöhnen und zu lernen. Wenn man als zehnjähriges Kind in ein neues Land kommst, wird man mit so vielen Dingen konfrontiert. Da geht alles ganz schnell. Man muss laufen lernen auf neuem Boden."

Ich mochte Elis Vergleiche. Ich mochte es, wie sie die Welt sah. Reflektierte. Und ihre Schlüsse aus Erlebtem zog.

„Das klingt logisch.", fand ich, „Laufen lernen. Das muss man oft im Leben, oder? Metaphorisch gesehen."

„Irgendwie schon. Irgendwie muss man sich doch Tag für Tag neu hineinfinden ins Leben. Woche für Woche. Guck mal, Teo, für dich fängt jetzt ein ganz neuer Abschnitt an. Du bist erwachsen. In dieser Rolle musst du auch erst einmal lernen, dich auf den Beinen zu halten. Fortzubewegen."

Da hatte sie recht. So recht. Ich hatte das Gefühl, die letzte Nacht, die ich mit ihr und ihren Freunden verbrachte, waren eine gute Starthilfe für mich. Wie eine Mauer, an der ich mich hochziehen konnte. Nun fehlte mir ein stützendes Geländer, an dem ich mich entlanghangeln konnte.

„Wie oft hast du Hamburg besucht, seitdem du mit deinem Vater weggegangen bist?", wollte ich wissen. Ich hatte Angst vor der Antwort. Doch ich musste wissen, ob Eli in irgendeiner Art und Weise dieses stützende Geländer für mich sein konnte.

Sie räusperte sich. „Ich habe versucht, jedes Jahr ein Mal herzukommen. Natürlich wollte ich meine Freunde wiedersehen. Und auch meine Mutter ist mittlerweile zurück nach Hamburg gekommen. Das hier ist allerdings der erste Besuch seit zwei Jahren für mich. Mein Vater musste einen anderen Job annehmen und in diesem Jahr war das Geld besonders knapp. Flüge von Amerika nach Deutschland und wieder zurück sind sehr teuer. Ich arbeite in einem kleinen Café. Doch auch das Verkaufen von Cupcakes macht einen Menschen nicht reich. Es ist jedes Mal so schön, wieder herzukommen. Nach Hause zu kommen. Hier habe ich meine Freunde. Wir sehen uns so selten, aber wenn ich hier bin, kommt es mir vor, als wäre ich nie weg gewesen. Ich habe auch in New York einige Freunde. Doch…Freundschaften dort sind anders. Sie sind oberflächlicher. Manchmal. Nur selten habe ich in Amerika wirklich tiefgehende Freundschaften gefunden. Man lernt jeden Tag viele Menschen kennen. Flüchtig. Sie begleiten dich für eine Weile. Doch dann sind sie schnell wieder weg. Ein Umzug, ein Schulwechsel oder einfach eine andere Person, die interessanter ist, als man selbst."

„Das habe ich auch schon einmal gehört.", erinnerte ich mich, „Eine Mitschülerin von mir hat ein halbes Jahr in den USA verbracht. Sie hat ähnliche Dinge erzählt."

„Man kann das nicht verallgemeinern. Das kann man nie. In keiner Situation. Doch ich habe diese Erfahrungen gemacht.", erklärte Eli, „Umso glücklicher und dankbarer bin ich, dass ich immer auf meine Freunde in Hamburg zählen kann."

„Das kann ich gut verstehen.", meinte ich und dachte an Roman, „Gute Freunde geben einem das Gefühl von Sicherheit."

Eli lächelte, als wüsste sie genau, was ich meinte. Danach herrschte wieder einen Moment Stille. Ich konnte nichts sagen. Ich wusste nicht, welche die passenden Worte waren; wusste nicht, wie ich meine Gefühle erklären sollte. Unzählige Fragen schwirrten durch meinen Kopf, doch sortieren konnte ich sie nicht. Ich war angewiesen auf Elis Worte, wie ein Ertrinkender an die rettende Wasseroberfläche.

„Hör mal, Teo, es tut mir wirklich leid. Ich…ich hätte dir früher erzählen sollen, wer ich wirklich bin. Es…es ist ja nicht so, dass etwas zwischen uns passiert ist. Doch man sollte von Anfang an ehrlich sein. Man weiß nie, was sich die andere Person denkt."

Es ist nichts passiert. So dachte sie also über die letzte Nacht? Körperlich mochte das vielleicht zum größten Teil stimmen, abgesehen von unserem innigen Tanzen. Doch in meiner Gedanken- und Gefühlswelt hatte sich in den letzten Stunden einiges abgespielt.

Für mich war eindeutig etwas passiert.

„Warum hast du nichts gesagt?", fragte ich. Klang ich enttäuscht? Traurig? Nicht wütend. Meine Stimme war ruhig. Leise. Der Sturm tobte nur in meinem Inneren.

„Ich…ich befinde mich gerade in einer seltsamen Phase. Das Leben verlangt immer von uns, dass wir Entscheidungen treffen. In jeder Sekunde. Auch, wenn es nur kleine Entscheidungen sind. Du kannst jetzt hier mit mir sitzen, du könntest aber auch den Roller nehmen und nach Hause fahren. Du könntest sagen, dass du meine Geschichte nicht hören willst. Du könntest fragen, ob du noch einen Becher Kakao bekommst. Oder es einfach bleiben lassen und mir zuhören. Ich stand vor einiger Zeit vor der großen Entscheidung, wie ich mein zukünftiges Leben gestalten möchte. Die Zeit nach dem Beenden der Schule ist eine sehr bedeutsame. Die Entscheidungen, die man dort trifft, werden das eigene Leben für immer beeinflussen. Die erste wichtige Entscheidung habe ich schon vor einiger Zeit getroffen. Ich möchte Literatur studieren."

Literatur. Es passte perfekt. Wie Eli mit Worten umging. Wie sie Dinge beschrieb. Sie hätte sich nichts Besseres aussuchen können.

„Doch dann musste ich mir die Frage stellen, ob ich in Amerika oder Deutschland studieren möchte. Du glaubst nicht, wie schwer mir diese Entscheidung fiel. Ich habe meinen Entschluss mindestens zehn Mal geändert; mir viele Nächste den Kopf darüber zerbrochen, wer ich bin und was ich will. Und dann plötzlich weiß man es einfach. Es ist so ein Gefühl, das dir ins Ohr flüstert, was das Richtige ist. Vieles sprach für Hamburg. Meine Freunde, das alte Gefühl der Verbundenheit zu dieser Stadt. Doch ich habe mich für Amerika entschieden. Und ich wurde tatsächlich angenommen.", Eli war ganz außer Atem. Die Worte sprudelten nur so aus ihr heraus und ich hatte Mühe, ihren schnell wechselnden Gedankengängen zu folgen.

„Das ist toll.", sagte ich, doch mir wurde immer mehr bewusst, was das Ganze für mich bedeutete, „Herzlichen Glückwunsch."

„Danke.", meinte Eli und wieder seufzte sie, „Ich freue mich wirklich auf das Studium. Weißt du, in Amerika ist das mit dem Studieren alles etwas komplizierter als in Deutschland. Vor allem ist es meistens sehr viel teurer."

„Davon habe ich auch schon gehört. Umso besser, dass du es trotzdem geschafft hast.", obwohl ich mir Mühe gab, klang ich wenig überzeugt.

„Ja.", stimmte Eli mir zu, „Ich kann mich wirklich glücklich schätzen. Leider hat das Ganze einen bitteren Nachgeschmack. Dies wird erst einmal mein letzter Besuch in Hamburg sein. Das Studium ist teuer und zeitaufwendig. Ich werde keine Möglichkeit haben, Geld zu sparen. Außerdem ziehe ich aus. Zwar ist es nur eine Art Studentenwohnheim, doch auch das wird schon ziemlich teuer. Die Ferien und Wochenenden werde ich wohl mit Nebenjobs verbringen, um mir das alles leisten zu können. Es wird anstrengend. Aber ich freue mich. Es ist ein ganz neuer Lebensabschnitt. Es ist aufregend. Man weiß nie, was passiert, doch ich gehe nicht davon aus, dass ich in den nächsten Jahren nach Hamburg zurückkommen werde."

Ich schluckte. Jetzt war es raus.

„Das ist verständlich.", sagte ich knapp. Und doch verstand ich die Welt nicht mehr.

„Ich habe dir nichts gesagt, weil ich selbst für einen Moment nicht an die Zukunft denken wollte. Ich freue mich auf diesen neuen Lebensabschnitt. Aber leicht ist es ganz sicher nicht. Ich habe meinen Freunden, als ich vor zwei Wochen in Hamburg angekommen bin, erzählt, dass dies vorerst mein letzter Besuch sein wird. Und ich habe sie darum gebeten, das Thema während unserer gemeinsamen Zeit in den Hintergrund zu schieben. Vor allem an unserem letzten Abend. Ich wollte die Zeit, die uns bleibt, in vollen Zügen genießen. Einfach im Moment leben. Das ist das Beste, was man machen kann. Das Leben passiert früh genug. Und deswegen habe ich auch dir nichts erzählt. Weißt du, ich wusste nicht, warum ich dir etwas sagen sollte. Ich dachte, wir verbringen einen lustigen Abend miteinander. Einfach ein bisschen zusammen sein. Ein Dankeschön, dass du mir meinen Ohrring zurückgebracht hast. Das Paar ist mir übrigens so wichtig, weil ich es vor langer Zeit von meiner Mutter geschenkt bekommen habe. Ziemlich genau vor zehn Jahren. Kurz vor der Trennung. Ich sehe meine Mutter nur selten und oft vermisse ich sie. Die Ohrringe erinnern mich an sie."

„Dann bin ich sehr froh, dass ich das Paar wieder vervollständigen konnte.", ich zwang ein klägliches Lächeln auf meine Lippen.

„Das bin ich auch.", meinte Eli und auch sie lächelte, „Du bist wirklich ein cooler Typ, Teo. Ich bin froh, dich kennengelernt zu haben. Und ich weiß, dass da irgendwas ist. Wer weiß, was sich ergeben würde, hätten wir mehr Zeit. Es fällt mir wirklich schwer, dir das alles zu sagen. Irgendwie komme ich mir vor, als hätte ich dich hintergangen. Weißt du, ich hätte dich gerne geküsst. Vor ein paar Minuten. Und auch schon einige Male davor in dieser Nacht. Doch es wäre nicht richtig gewesen. Nicht für jeden Menschen hat ein Kuss eine große Bedeutung. Wir sind jung. Wir waren betrunken. Da küsst man sich eben. Ist doch keine große Sache. Für manche zumindest. Man weiß es aber nie. Und deshalb sollte man vorsichtig sein. Bei dir habe ich das Gefühl, dass es vielleicht eine große Sache sein könnte."

Ich fühlte mich seltsam ertappt. Ungeschützt. Als würde Eli durch meine Augen direkt in mich hineinsehen und meine tiefsten Gedanken lesen.

Ob sie ahnte, dass es mein erster Kuss gewesen wäre?

„Ich hätte dich auch gerne geküsst.", hörte ich mich sagen. Ich hatte das seltsame Gefühl, die Kontrolle über meinen Körper zu verlieren.

Eli lachte und strich sich eine schwarze Haarsträhne hinters Ohr. Ihr goldener Ohrring glänzte im Sonnenlicht. Wieder erinnerte sie mich an eine Göttin.

Meine Brust schmerzte. Eine Frage lag mir auf der Zunge. Ich wollte die Worte nicht aussprechen. Doch ich musste es wissen.

„Wie lange bist du noch hier?"

Eli presste die Lippen aufeinander. Schluckte. Kurz zog sie ihr Handy aus der Hosentasche und warf einen schnellen Blick auf das Display. Sie kratzte mit dem Daumen über einen Fleck auf der weißen Spitze ihres Converse-Schuhs und mein Herzschlag wurde zu einem ohrenbetäubenden Lärm in meinen Ohren.

„In zwei Stunden werde ich bereits im Flugzeug sitzen, das mich zurück nach New York bringt."

Kapitel sechzehn

„Zwei Stunden.", wiederholte ich Elis Worte.

Das war nicht viel Zeit.

Ganz im Gegenteil.

Das war sehr wenig Zeit. Viel zu wenig. Ich spürte, wie sich langsam Panik in mir breitmachte, weil ich mehr und mehr den Ernst der Lage verstand.

„Deswegen bin ich mit dir hergekommen. Ich treffe mich gleich am Flughafen mit meinem Vater. Tja und dann… geht's zurück nach New York."

„Ich kann es immer noch nicht glauben.", stammelte ich, „Ich…ich meine, ich dachte wirklich, dass ich dich wiedersehen würde."

Eli seufzte und mir entging nicht der gequälte Blick, der sich auf ihr Gesicht schlich. Ich wollte nicht, dass sie ein schlechtes Gewissen hatte.

„Es tut mir leid.", sagte sie nur.

„Es muss dir nicht leidtun. Du bist mir nichts schuldig. Wir haben uns kennengelernt und eine aufregende Zeit gehabt. Ich meine, die letzte Nacht werde ich nie vergessen. Für viele wäre es sicher eine ganz gewöhnliche Sommernacht. Doch ich habe so etwas noch nie erlebt. Und… dafür danke ich dir.", gestand ich. Ich sah die Bilder der letzten Stunden vor meinem inneren Auge. Wie ich Eli am Hauptbahnhof wiedergesehen und mich getraut hatte, sie anzusprechen. Wie ich ihre Freunde kennenlernte. Der Schanzenpark. Die Reeperbahn. Das Lagerfeuer am Strand. Und immer wieder diese kurzen, intimen Momente zwischen Eli und mir. Es war nichts Ernsthaftes zwischen uns passiert. Und doch fühlte ich mich, als hätte ich meine Jungfräulichkeit verloren.

„Weißt du, Teo, die Wege mancher Menschen kreuzen sich. Und eigentlich passen sie gut zusammen. Es kommt einem ungerecht vor, doch manchmal erwischt man einfach den falschen Zeitpunkt. Verstehst du? Würdest du in New York leben oder ich in Hamburg. Hätten wir uns in zehn Jahren getroffen. Vielleicht hätte es dann gepasst. Aber unter den gegebenen Umständen ist und bleibt es eine einmalige Begegnung.", Eli sah nachdenklich in die Ferne, während sie sprach. Sie schien ganz in ihre eigenen Gedanken versunken zu sein. Als würde sie sich uns beide vorstellen, wie wir in einem anderen Leben - zu einer anderen Zeit - aufeinandertrafen. Gerne hätte ich etwas gesagt, doch ich wollte sie nicht unterbrechen.

„Eine Sache finde ich komisch. Und unsinnig. Ich verstehe dieses Denkmuster einfach nicht. Ich habe das Gefühl, Begegnungen scheinen für die meisten Menschen nur von Bedeutung zu sein, wenn sie von Dauer sind. Am besten für immer. Freunde, die man seit zehn Jahren kennt, sind gute Freunde. Und wichtig. Der Durchschnitt für die Dauer einer Beziehung liegt bei ungefähr drei Jahren. Wenn eine Beziehung darüber hinausgeht, ist sie etwas ganz Besonderes. Vor allem, wenn irgendwann die Hochzeit folgt. Und gleichzeitig werden Bekanntschaften, Begegnungen, die nur eine kurze Lebenszeit haben, abgewertet. Ein One-Night-Stand? Von vielen Menschen verurteilt. Eine Urlaubsbekanntschaft? Lustig und aufregend, aber, wenn man wieder zu Hause ist, nicht der Rede wert. Dabei finde ich, dass gerade diese kurzen, ungezwungenen Begegnungen einen so großen Einfluss auf die eigene Persönlichkeit haben können. Manchmal triffst du einen Menschen - mag es auch nur für eine Nacht sein - doch diese Person prägt dich für dein gesamtes Leben."

Wie schaffte sie das? Ich war nie einem Menschen begegnet, der mir eine ganz neue Sichtweise auf die Dinge schenkte. Es kam mir vor, als hätte sie die die Lösung für alle Rätsel parat, die uns das Leben stellte.

„Weißt du was?", war ich nun an der Reihe.

„Was?", antwortete Eli.

„Das klingt jetzt vielleicht kitschig. Oder klischeehaft. Oder einfach wenig einfallsreich, weil ich mich auf deine Überlegungen beziehe.", reihte ich Satzfetzen aneinander, „Aber ich glaube, du bist für mich genau solch ein Mensch, wie du ihn gerade beschrieben hast. Ich kenne dich nicht einmal seit zwölf Stunden und doch hast du etwas in mir verändert. Und ich denke, das, was ich in der letzten Nacht erlebt und gelernt habe, werde ich für immer in meinem Inneren verankern."

„Das ist eine gute Metapher!", sagte Eli laut, „Der Anker...So habe ich es auch schon oft gesehen. Weißt du, ich finde, man kann es so beschreiben: wir Menschen sind wie ein Hafen. Oder wir tragen ihn in uns. Den ganz persönlichen Hafen. In unserem Herzen, unserem Gedächtnis, wie auch immer. Wir sind ein riesiger, unbegrenzter Hafen und immer wieder kommen Besucher in unsere Gewässer. Ob wir sie anlegen lassen oder nicht, bleibt uns überlassen. Manche bleiben nur für eine Weile und ziehen dann weiter. Doch sie hinterlassen Spuren. Der

Sand, in den ihr Anker geworfen wurde, wird sich immer an das Schiff erinnern, das einst über ihm an der Wasseroberfläche schwebte. Der Boden des Hafengewässers trägt sichtbare Spuren der einst geworfenen Anker. Und so ist es auch im wirklichen Leben. Man trifft Menschen. Manchmal bleiben sie für immer. Manche verliert man nach einer Nacht. Doch sie hinterlassen Spuren. Sie verankern sich in deinem Inneren, sodass du dich an sie erinnerst. Man könnte unsere Begegnungen als Anker der Erinnerung bezeichnen."

„Anker der Erinnerung.", wiederholte ich und dachte über diese Metapher nach.

„Ja.", bestätigte Eli, „Es ist doch so, oder?"

„Ja.", antwortete ich. Es stimmte. Ich würde mich für immer an Eli erinnern. Sie hatte mich verändert; meine Art zu denken und mein Bild von mir selbst.

„Du bist so ein Anker für mich. Du hast den Meeresboden meines Hafens auf jeden Fall aufgewühlt.", sagte ich nachdenklich und musste schmunzeln.

„Du scheinst es verstanden zu haben. Ich hoffe mal, dass es gute Spuren sind, die ich hinterlasse.", sagte Eli.

„Die besten."

„Dann bin ich ja erleichtert.", sie lächelte, „Ich bin froh, einer dieser Anker für dich sein zu dürfen. Und ich werde mich ebenfalls an diese Nacht erinnern. Man könnte sagen, auch du hast deinen Anker in meinem Hafen geworfen. Lustig, wie sich alles fügt. Unsere Metapher könnte nicht besser zu dieser Stadt passen. Hamburg."

„Stimmt.", erkannte ich, „Wir sind echte Genies. Vielleicht sollten wir Philosophen werden. Theorien über die Menschheit, das Leben und alles dazwischen verbreiten."

„Ich denke, wir würden die Erde zu einem besseren Ort machen.", sagte Eli.

Ein Flugzeug startete, zischte an uns vorbei und erhob sich in die Luft. Mittlerweile war es hell und rosa Wolken zierten den Himmel.

„Du wirst dich an diese Nacht erinnern?", hakte ich nach. Ich wusste, was Eli antworten würde. Doch ich wollte es erneut hören. Ich wollte wissen, dass ich ihr etwas bedeutete.

„Natürlich.", bestätigte sie energisch, „Wie sollte ich diese Nacht jemals vergessen? Ich trage sie auf meiner Haut. Für immer."

Für immer.

„Es war eine besondere Nacht für mich. Ein alter Lebensabschnitt endet hiermit. Und ein neuer beginnt. Alles ist ganz ungewiss. Es ist beängstigend. Und unglaublich aufregend.", erzählte Eli und atmete tief durch. Ich glaubte ihr sofort.

„Es hört sich vielleicht blöd an. Aber ich wünschte, ich hätte dich zu einer anderen Zeit kennengelernt.", murmelte ich. Elis Blick brannte sich von der Seite in mein Inneres.

„Ich bin der Meinung, es gibt nie den einen richtigen Zeitpunkt. Hätten wir uns vor zwei Jahren im Sommer getroffen, wäre ich vielleicht noch eine Woche in Hamburg gewesen. Und dann wäre ich wieder in Amerika. Vielleicht machst du nächstes Jahr eine Weltreise und wir hätten uns in New York getroffen. Doch auch du wärst weitergezogen und wir hätten uns verabschieden müssen.", stellte sich Eli vor, „Also… sollten wir nicht eigentlich froh sein, dass es so gekommen ist? Es endet, bevor sich größere Gefühle und Verbindungen aufbauen. Bevor wirklich einer von uns verletzt wird. Jetzt kann man zwar denken, es war zu wenig, doch wir sollten dankbar dafür sein, was war. Für die letzte Nacht. Für den Sommer und seine Wärme. Für die Begegnungen, die wir hatten und die, die kommen werden. Jede macht uns zu dem Menschen, der wir sind."

Elis Worte überzeugten mich. Ich wusste, dass sie recht hatte. Doch trotzdem spürte ich einen Kloß im Hals und eine unbeschreibliche Angst, wenn ich daran dachte, sie nie wiederzusehen.

„Teo, vielleicht wirst du danach fragen.", setzte Eli wieder an und ich fragte mich, worauf sie nun hinauswollte, „Ich werde dir nicht meine Handynummer geben."

Damit hatte ich nicht gerechnet. Im Gegensatz zu ihren tiefgehenden Worten und Überlegungen der letzten Minuten klang diese Aussage recht plump.

„Ich werde dir auch nicht meine Adresse oder meinen Instagram-Namen geben. Oder sonst irgendetwas.", sprach sie weiter.

Ich stutzte. „Warum?"

„Wie du mitbekommen haben solltest, bin ich ein Fan von einmaligen Begegnungen. Man muss es nicht erzwingen, doch, wenn man merkt, dass das Schicksal etwas als einmalig eingeplant hat, sollte man nicht versuchen, es zu ändern. Eine andere Frage: Warum sollte ich dir die Möglichkeit geben, mich zu kontaktieren? Die Antwort: Weil der Abschied schwerfällt und man etwas haben möchte, woran man sich festhalten kann. Sobald ich in New York bin, werden wir beide wieder unser eigenes Leben führen. Ich werde studieren und du gehst weiter zur Schule. Ich in New York. Du in Hamburg. Du in deiner Welt und ich in meiner. Was bringt es uns, hin und wieder Nachrichten zu schreiben und dabei zuzusehen, wie sie immer weniger und weniger werden? Vielleicht einen Brief schicken? Ein Bild auf Instagram liken, um den anderen daran zu erinnern, dass man noch existiert? Ich denke, wir sollten akzeptieren, dass sich unsere gemeinsame Zeit auf die letzte Nacht beschränkt. Wir werden uns gut in Erinnerung behalten; uns an alles erinnern. Immer wieder. Man sollte nicht krampfhaft versuchen, an etwas festzuhalten, das vorbei ist.", formulierte Eli ihren Standpunkt. Und wieder musste ich zugeben, dass sie wahrscheinlich recht hatte. Doch einfach akzeptieren konnte ich es nicht. So sinnvoll all ihre Worte auch klangen, ich hatte das Gefühl, in mir brach eine Welt zusammen.

„Aber…vielleicht mache ich ja nächstes Jahr eine Weltreise. So, wie du vorhin gesagt hast. Oder du kommst doch schon viel früher zurück nach Hamburg, als du jetzt denkst. Und dann könnten wir uns leichter finden…uns wiedersehen. Wenn wir noch irgendwie die Möglichkeit haben, den Kontakt zu halten…", ich wusste, dass meine Worte bei Weitem nicht so überzeugend klangen, wie Elis Ausführungen.

„Wenn es so sein soll - wenn das Schicksal es so will - dann werden wir uns wiedersehen. Irgendwann. Durch einen seltsamen Zufall. Und wenn nicht, dann tragen wir die Spuren des anderen in uns.", antwortete Eli. Sie wollte sich wohl nicht überzeugen lassen.

Welche andere Wahl hatte ich, als es zu akzeptieren? Ich konnte Eli nicht dazu zwingen, dass wir über diese Nacht hinaus füreinander existierten.

„Die Spuren.", sagte ich leise, „Der Anker der Erinnerung, richtig?"

„Richtig.", bestätigte Eli.

Dann legte sie den Arm um mich und zog mich an sich. Sie war warm. Der Sommer war warm. Der Kakao in meinem Magen war warm.

Doch ich fror bis auf die Knochen bei dem Gedanken daran, dass unser Abenteuer in diesem Moment endete.

Kapitel siebzehn

„Ich denke, ich sollte mich langsam auf den Weg machen. Mein Vater und ich wollen uns um sieben Uhr in der Eingangshalle treffen.", hörte ich Elis sanfte Stimme neben mir. Sie klang wie eine fürsorgliche Mutter, die ihrem kleinen Kind schonend beibringen wollte, dass sie den Zoo bald verlassen mussten. Oder das Schwimmbad. Oder irgendetwas anderes, das dem Kind großen Spaß bereitete. Es war klar, dass das Kind beim Verlassen schrecklich anfangen würde zu weinen. Es würde die Mutter anflehen, noch etwas länger bleiben zu dürfen.

Wie gerne hätte ich mehr Zeit mit Eli gehabt.

„Okay.", ich nickte, atmete tief durch und löste mich langsam aus ihrer Umarmung. Jede Zelle meines Körpers sträubt sich dagegen. Ich wollte bei ihr bleiben; länger ihre warme Wange an meiner spüren. Länger den Sommer mit ihr genießen.

Doch das Leben hatte einen anderen Weg für Eli vorgesehen.

Sie musste gehen.

Zurück nach Hause.

Nach New York.

Und ich würde bleiben. In Hamburg. Tausende Kilometer von ihr entfernt.

Immer und immer wieder schwirrte dieser eine Gedanke durch meinen Kopf, der mich in den vergangenen Stunden schon einige Male gequält hatte: Würde ich Eli jemals wiedersehen?

„Gib mir deinen Becher.", meinte Eli und streckte mir die Hand entgegen. Ich steckte meinen leeren Plastikbecher in ihren und sie schmiss die beiden in einen nahestehenden Mülleimer, der bereits fast überquoll. Unsere Becher wirkten wie die Spitze der Pyramide. Die Kirsche auf dem Sahnehäubchen.

„Glück gehabt.", sagte Eli, betrachtete einen Moment den roten Eimer und kam dann zu mir zurück. Sie warf einen Blick auf ihr Handy.

„Okay, ich muss wirklich los."

„Ich komme mit!", sagte ich sofort.

Sie schien überrascht zu sein und überlegte einen Moment. Doch mein Entschluss stand fest, sie konnte sagen, was sie wollte. Die Zeit, die uns blieb, wollte ich ausnutzen. Ob sie meine Gedanken an meinem Blick ablesen konnte oder sich dasselbe dachte, wie ich, wusste ich nicht. Mir reichte es, dass sie nickte und den Daumen in die Höhe streckte.

Wir nahmen wieder den Emmy-Roller, der brav am Straßenrand auf uns wartete. Eli fragte mich, ob ich fahren wollte, doch ich lehnte dankend ab. Der Restalkohol wurde noch durch meine Blutbahnen gepumpt und meine Gedanken fuhren Achterbahn. Ich bezweifelte, mich auch nur auf ein einziges Straßenschild konzentrieren zu können.

Bei Eli schien es nicht so zu sein. Wir verabschiedeten uns kurz von dem alten Mann, der noch immer auf der Bank saß und genüsslich seinen Kakao trank und Eli brachte uns im Anschluss sicher zum Flughafen. Je näher wir den großen Terminals und der Eingangshalle kamen, desto fester klammerte ich mich an sie. Ich legte meine Arme so fest um ihre Taille, dass ich mich zwischendurch daran erinnern musste, ihr etwas Luft zum Atmen zu lassen.

Ich konnte einfach nicht glauben, dass ich dieses Mädchen bereits in wenigen Minuten loslassen musste. Auf jede nur erdenkliche Art.

Schließlich hielt Eli am Straßenrand an, schaltete den Emmy-Roller aus und wir stiegen nacheinander ab. Erneut verstauten wir die Helme im schwarzen Kasten.

Wir hatten unser Ziel erreicht. Das war die letzte Etappe unserer kleinen Reise. Zumindest unserer gemeinsamen Reise. Elis Ziel war noch weit entfernt. Um genau zu sein, lag die Umrundung des halben Erdballs vor ihr.

„Willst du noch mit reinkommen?", fragte sie. Gerne hätte ich gewusst, was sie wollte. Fiel ihr der Abschied genau so schwer, wie mir? Ich wusste, dass es nicht leicht für sie war. Doch ich hatte das Gefühl, Eli schloss schnell ihren Frieden mit den Dingen. Sie nahm das Leben so, wie es kam. Das hatte ich in dieser Nacht von ihr gelernt. Jetzt musste ich die Theorien, die mir beigebracht wurden, anwenden.

Ich setzte ein Lächeln auf. „Ja."

Auch Eli lächelte.

Als wir nebeneinander in die von Menschen gefüllte Eingangshalle des Hamburger Flughafens traten, berührten sich unsere Hände kurz. Ich musste den Reflex unterdrücken, nach ihren Fingern zu greifen. Warum sollte ich etwas festhalten - etwas zum ersten Mal richtig berühren

- wenn ich mich direkt im Anschluss wieder trennen musste? Ich käme mir erneut vor wie der Ertrinkende, der in einem mit Wasser gefüllten Raum verzweifelt versuchte, Luft zu holen.

„Hm…", machte Eli und sah sich kurz um, „Ich bin immer wieder aufs Neue verwirrt, wenn ich hier ankomme. Obwohl die Flughäfen in New York viel größer sind."

Dann griff sie meinen Arm und deutete nach rechts: „Da vorne ist er. Wir wollten uns dort beim Blumenladen treffen."

Ich folgte ihrem Blick und trottete schließlich hinter ihr her. Wir steuerten geradewegs auf einen Mann in dunkler Hose und blauem Polo-Hemd zu. Neben ihm standen zwei Koffer. Als ich seine schwarzen, glänzenden Haare bemerkte, war mir klar, dass es sich um Elis Vater handeln musste. Damit, dass ich so schnell eines ihrer Elternteile kennenlernte, hatte ich nicht gerechnet. Doch es waren auch nicht die Umstände, die ich mir erhofft hatte.

Auf den letzten Metern wurde Eli schneller, bis sie ihrem Vater schließlich um den Hals fiel und ihm einen kleinen Kuss auf die Wange drückte. Ich spürte sofort, dass sie eine enge Bindung hatten.

„Ich wollte dich gerade anrufen.", sagte er mit tiefer, angenehmer Stimme, „Ich dachte schon, du liegst vielleicht noch betrunken im Park."

„Haha, nein nein.", winkte Eli lachend ab, „Ich habe mich unter Kontrolle."

„Das weiß ich.", stimmte ihr Vater zu und streichelte seiner Tochter kurz über den Kopf. Ich stand unsicher hinter Eli und beobachtete die Szene mit etwas Abstand. Sollte ich etwas sagen?

Sie nahm mir die Entscheidung ab, deutete auf mich und wandte sich an ihren Vater: „Das ist übrigens Matteo. Teo, meine ich."

Elis Vater sah kurz fragend zwischen seiner Tochter und mir hin und her. Dann reichte er mir die Hand und sagte freundlich: „Freut mich. Ich bin Marc."

„Freut mich auch.", ich zögerte kurz und schüttelte dann seine Hand. Er hatte einen festen Händedruck.

Eli musste das fragende Gesicht ihres Vaters bemerkt haben und erzählte in kurzen Sätzen: „Wir haben uns nach dem Konzert kennengelernt. Ich habe dir doch erzählt, dass ich zu den *Vier Jahreszeiten* gehe? Danach habe ich am Bahnsteig meinen Ohrring verloren. Teo hat ihn gefunden und ihn mir zurückgegeben."

Es fehlten einige Details, um zu verstehen, wie unsere Begegnung wirklich ablief. Ich hoffte, Marc hielt mich nicht für einen Stalker, der seiner Tochter hinterherspionierte.

„Das ist aber sehr nett.", sagte er und ich atmete erleichtert aus. Er lächelte mich an. Offensichtlich hielt er mich nicht für einen Stalker.

„Tja, es gibt eben glückliche Zufälle im Leben.", meinte ich und zuckte die Schultern. Eli nickte.

„Davon gibt es viele.", stimmte sie mir zu.

„Da habt ihr sicher recht.", sagte Marc. Er wirkte ungeduldig und sah auf seine silberne Armbanduhr. „Es gibt viele Zufälle, aber das Flugzeug wird sicher nicht durch einen glücklichen Zufall auf uns warten. Wir müssen uns ein bisschen beeilen."

„Klar.", machte Eli und schnappte sich den größeren der beiden Koffer, die neben Marc standen. Bevor sie Worte des Abschieds an mich richten konnte, sagte ich schnell: „Bis zur Sicherheitskontrolle kann ich doch noch mitkommen."

Ich wollte unsere letzte Minute so lange wie nur möglich hinauszögern.

„Klar.", wiederholte Eli. Sie presste die Lippen aufeinander und sah mir kurz in die Augen. Wenn sie sprach, kam es mir vor, als würde sie einem ihr Herz vor die Füße legen. Doch wenn sie schwieg, hatte ich keinen blassen Schimmer, was in ihrem Inneren vor sich ging.

Ich war mir sicher, dass man mir meine Gefühle an der Nasenspitze ablesen konnte.

Und an den großen Schweißflecken unter den Achseln.

Und an meiner zitternden Oberlippe.

Marc schien ganz genau zu wissen, wohin wir mussten. Mit großen Schritten ging er voraus. Eli folgte ihm. Ab und zu drehte sie sich um und vergewisserte sich, dass ich noch da war. Das war ich. Und ich würde nicht gehen, bis ich dazu gezwungen wurde.

Während ich mit Eli und ihrem Vater in der langen Schlange für die Gepäckabgabe stand, redeten wir kein Wort. Ich wusste nicht, was ich sagen sollte. Das waren die letzten Minuten, die ich mit ihr verbrachte. Ich hatte das Gefühl, etwas Besonderes tun oder sagen zu müssen. Stattdessen sah ich den beiden stumm dabei zu, wie sie ihre schweren Koffer auf das Band hoben. Wenig später setzte es sich in Bewegung und die Koffer machten sich auf den Weg zum Flugzeug.

Das Flugzeug nach New York.

„Okay, da wären wir.", sagte Marc, als wir schließlich an der Sicherheitskontrolle ankamen. Die Schlange war lang. Doch fast im Sekundentakt passierten Menschen die unsichtbare Schranke, die sie auf unerlaubte Gegenstände kontrollierte.

In nicht mehr als fünf Minuten würde Eli aus meinem Sichtfeld verschwunden sein.

„Du kannst dich schon anstellen, ich komme gleich, okay?", wandte sie sich an Marc. Der nickte und sagte zu mir: „War schön, dich kennengelernt zu haben, Teo."

Gerade hatten wir uns das erste Mal gesehen, da verabschiedeten wir uns bereits wieder. Wahrscheinlich für immer.

Es fühlte sich nicht richtig an.

„Hat mich auch gefreut.", gab ich zurück, „Guten Flug."

„Danke.", antwortete er lächelnd. Er warf Eli einen warnenden Blick zu, der ihr bedeutete, sich nicht zu viel Zeit zu lassen. Dann winkte er mir kurz zu und stellte sich hinter eine Großfamilie mit fünf Kindern in die Schlange.

Einen Moment standen Eli und ich einfach da und sahen Marc dabei zu, wie er seinen Rucksack öffnete, einen halben Liter Wasser in einem Zug hinunterkippte und die leere Flasche anschließend in einem Mülleimer versenkte. Dann wandte Eli sich mir zu.

„Tja.", sagte sie leise.

„Tja.", mehr fiel mir nicht ein. Der Kloß in meinem Hals wurde immer größer und machte es mir fast unmöglich, einen Ton herauszubekommen.

„Ich schätze, wir müssen uns jetzt voneinander verabschieden.", meinte Eli.

„Sieht so aus.", erwiderte ich. Alles in mir sträubte sich gegen diese Worte. Gegen diesen Moment. Gegen die Entwicklung der Ereignisse.

„Ich denke, es ist alles gesagt, oder?", meinte Eli.

Es gab so vieles, was ich ihr noch sagen wollte. Doch ich konnte keinen klaren Gedanken fassen.

Ich öffnete den Mund und hatte das letzte Mal die Hoffnung, doch noch einen Rettungsring von Eli zugeworfen zu bekommen, an dem ich mich festhalten konnte.

Um nicht in ihrem Hafen zu ertrinken.

Doch Eli durchschaute mich sofort: „Bitte frag nicht nach meiner Nummer, Teo. Das Thema hatten wir schon. Schon vergessen?"

„Der Anker.", flüsterte ich und seufzte.

„Der Anker der Erinnerung."

„Verstehe."

„Danke, Teo."

„Wofür?"

„Für den Ohrring. Und dafür, dass ich dich kennenlernen durfte."

„Es gibt nichts, wofür du dich bedanken musst.", winkte ich ab. Nach einer kurzen Pause fügte ich hinzu: „Danke."

„Du musst dich auch nicht bedanken. Das Leben ist ein ständiges Geben und Nehmen."

Ich nickte. Elis grüne Augen strahlten mich an. Sie lächelte. Auch, wenn es etwas gezwungen wirkte. Ich betrachtete den goldenen Ohrring, der an ihrem rechten Ohrläppchen leicht hin und her baumelte. Mit diesem kleinen Gegenstand hatte alles angefangen. Während ich noch darüber nachdachte, wie ich ihn am Bahnsteig gefunden hatte, beugte Eli sich plötzlich zu mir und drückte mir einen kurzen Kuss auf die Stirn. Es fühlte sich genau so an, wie ich es mir vorgestellt hatte. So sanft wie der Flügelschlag eines Schmetterlings. Im nächsten Moment fragte ich mich, ob ich mir das Ganze nur eingebildet hatte.

Dann drehte Eli sich um. Noch immer lächelte sie. Dieses Mal wirkte es nicht gezwungen. Es war ein ehrliches Lächeln. Ein Lächeln voller Dankbarkeit für die Vergangenheit und Vorfreude auf die Zukunft.

Sie war jung.

Und frei.

Genau wie ich.

Das Leben breitete sich vor uns aus wie das endlos weite Meer. Mit seinen Stürmen, die bedrohten und vernichteten. Und unzähligen rettenden Inseln.

Auch ich lächelte, als Eli schließlich die Sicherheitskontrolle passierte und dann im Gedränge der Menschen verschwand.

Vorsichtig berührten meine Finger die Stelle, auf die sich Elis weiche Lippen gelegt hatten. Der Kuss brannte sich in meine Haut wie ein Tattoo.

Kapitel achtzehn

Ich wusste nicht, mit welcher Airline Eli und Marc flogen. Ich kannte nicht die genaue Uhrzeit, zu der ihr Flug starten sollte. Doch als ich den röhrenden Lärm hörte, der durch ein sich näherndes Flugzeug verursacht wurde, wusste ich, dass Eli sich hinter den dicken Metallwänden befand.

Was sie wohl gerade dachte?

Nachdem ich mich von ihr verabschiedet hatte, schlenderte ich rastlos für wenige Minuten durch die große Eingangshalle des Flughafens. Ich überlegte, mir bei einer Bäckerei noch ein Brötchen zu kaufen. Oder eine der unglaublich spannenden Zeitschriften aus den vielen Aufstellern beim Kiosk zu ergattern. Ganz kurz dachte ich darüber nach, mir selbst eine Karte mit der Aufschrift *Happy Birthday* zu kaufen. Dann bemerkte ich, dass ich mich nicht selbst bemitleiden durfte. Eli war fort. Und das machte mich traurig. Ein Gefühl, das ich nicht richtig beschreiben konnte, machte sich in mir breit und beherrschte meinen Körper. Ich fühlte mich wie gelähmt.

Doch gleichzeitig war ich glücklich. Denn ich war erfüllt von den Erinnerungen an die letzten Stunden. Ich verspürte einen unglaublichen Tatendrang und eine Lebenslust wie nie zuvor.

Danke, Eli.

Als ich beschloss, dass mich Selbstmitleid nicht weiterbrachte, verließ ich den Flughafen und schnappte mir den Emmy-Roller, der zum Glück noch draußen am Straßenrand stand; als hätte er auf mich gewartet.

Am Anfang war ich mir unsicher, ob ich mich wirklich auf den Roller trauen sollte. Doch dann dachte ich daran, wie oft ich in den letzten Stunden meine Ängste überwunden hatte. Außerdem war ich achtzehn Jahre alt und durfte an diesem Morgen das erste Mal, seitdem ich meinen Führerschein vor fast einem Jahr gemacht hatte, alleine auf die Straße.

Und plötzlich kam mir das Fahren vor wie ein Kinderspiel.

Als ich mich ein zweites Mal an diesem Morgen auf die Holzbänke des *Coffee to Fly* fallen ließ, begrüßte mich der alte Mann, der nur wenige Meter von mir entfernt saß und seinen Kakao schlürfte, mit einem Kopfnicken.

„Wieder da?", fragte er und rückte ein Stück näher zu mir heran.

„Sieht so aus.", antwortete ich knapp.

„Wo hast du denn deine Freundin gelassen? Vom Roller geschubst?", er lachte und fand sich selbst wohl sehr witzig.

Ich verzog die Mundwinkel und versuchte ein Lächeln auf mein Gesicht zu zwingen, was allerdings eher einer Grimasse glich. Dann zuckte ich mit den Schultern und richtete den Blick auf den Flughafen, der sich in der Ferne erstreckte. Der Mann schien zu merken, dass ich nicht weiter drüber sprechen wollte und wandte sich seufzend wieder seinem Kakao zu.

Ich wusste nicht, wie lange ich schweigend auf der Holzbank saß. Irgendwann öffnete das Café seine Türen und ab und zu kamen ein paar Motorradfahrer vorbei, die zusammen ihren morgendlichen Kaffee zu sich nahmen.

Nach einer Weile steckte ich meine Kopfhörer in die Ohren und klickte auf meinem Handy blind auf eine Playlist, die mir vorgeschlagen wurde. Die Lieder waren ruhig. Manche traurig. Manche melancholisch. Sie passten perfekt zu meiner Stimmung und einige fügte ich zu meinen Lieblingsliedern hinzu.

Dann setzten satte Gitarrenklänge ein, die von dem Dröhnen des Flugzeugs begleitet wurden, das auf der Startbahn immer schneller und schneller wurde. Ich kannte das Lied. *Anchor* von Novo Amor.

Das Flugzeug kam näher. Und ich wusste einfach, dass Eli hinter den dicken Metallwänden saß. Ich hatte das Gefühl, ihr noch ein letztes Mal nah sein zu können. Zumindest näher, als wir es in der Zukunft jemals wieder sein würden.

Es war ein großes Flugzeug in einer hellen blauen Farbe, die dem morgendlichen Himmel glich.

Es erhob sich langsam von der Startbahn und zischte an mir vorbei. Ich kniff die Augen zu und suchte hinter den kleinen Fenstern nach ihrem Gesicht. Ihren grünen Augen. Doch das Flugzeug war zu weit weg, um Details erkennen zu können.

Plötzlich erregte ein kurzes Aufblitzen meine Aufmerksamkeit. Es war wie ein goldener Lichtstrahl, der mich traf. Vielleicht war es das Licht der aufgehenden Sonne, das sich in einem der dicken Fensterscheiben spiegelte. Doch ich glaubte fest daran, dass es Elis goldener Ohrring war. Mit dem alles angefangen hatte.

Ich hob die Hand zu einem letzten Abschiedsgruß und war mir sicher, dass Eli in diesem Moment auch aus dem Fenster blickte. Ich stellte mir vor, wie sie ihre zarten mit Ringen bestückten Finger an die Fensterscheibe legte und lächelte. Sie würde den Start und den letzten Ausblick auf ihre geliebte Heimat genießen.

Ich bemerkte, dass mich der alte Mann von der Seite beobachtete und nahm die Kopfhörer aus meinen Ohren. Ich sah ihn an und sagte nach einigen Sekunden: „Dort ist sie."

Er schien einen Moment verwirrt zu sein, doch als er meinem Blick zu dem Flugzeug, das langsam mit dem blauen Himmel verschmolz, folgte, verstand er.

„Wohin geht's?", fragte er.

„New York.", antwortete ich nach kurzem Zögern.

„Oh.", machte er, „Eine schöne Stadt. Für wie lange?"

„Ich schätze für immer.", wieder zuckte ich mit den Schultern. Das Flugzeug erhob sich immer weiter in die Luft, bis es schließlich hinter den rosa Wolken verschwand.

„Oh.", machte der alte Mann wieder und sah betreten zu Boden, „Weißt du was?"

Ich schüttelte den Kopf.

„Meine Mutter hat früher immer gesagt, ein heißer Kakao ist die beste Medizin gegen ein gebrochenes Herz.", erzählte er, „Und die zweitbeste Medizin ist über die Situation zu sprechen."

Ich nickte. Und wartete.

„Weißt du, ich bin ein alter Mann. Und du kennst mich nicht. Aber manchmal ist es genau das, was man braucht.

Ein bisschen Anonymität und schon kann man ganz gelöst über seine Gefühle sprechen", während er sprach, drehte er seine Thermoskanne auf und warf einen Blick hinein, „Und Kakao wäre auch noch da."

Ich überlegte einen Moment. Ich sollte einem fremden Mann über die letzte Nacht erzählen? Die Nacht, die so viel für mich bedeutete? Die Nacht, die mich mit tausend kreisenden Gedanken über mich selbst, das Leben und die Liebe zurückließ?

Doch vielleicht hatte er recht und es war genau das, was ich brauchte.

Also saß ich am Morgen meines achtzehnten Geburtstags auf einer harten Holzbank, trank einen Becher Kakao nach dem anderen und erzählte einem alten, fremden Mann über das Mädchen, das ich kennengelernt hatte. Das Mädchen, das mein Leben innerhalb weniger Stunden für immer verändert hatte.

Kapitel neunzehn

Ich streckte den Finger aus und klingelte. Auf die Nachrichten, die meine Mutter mir im Laufe des Vormittags schickte, hatte ich nicht geantwortet.

Es war zehn Uhr. Ich hatte mich fast zwei Stunden mit dem alten Mann unterhalten und eine Menge erzählt. Auch über ihn erfuhr ich viel. Besonders gut gefielen mir die Erzählungen über seine Jugend. Mir wurde bewusst, dass sich vielleicht jeder Mensch manchmal fühlte wie ich. Dass jeder ähnliche Dinge erlebte und bei jedem ähnliche Gedanken für schlaflose Nächte sorgten. Vor allem in den komplizierten Jahren des Erwachsenwerdens.

Auch der alte Mann würde eine Erinnerung bleiben, die sich wie ein Anker in den tiefen Grund meines Ichs setzte. Ich war ihm dankbar, dass er für mich da war, als ich ihn brauchte. Manchmal musste man eben für Menschen da sein. Meistens merkte man es ganz deutlich, wenn man gebraucht wurde. Viele Menschen mussten nur lernen, dann auch da zu sein. Und nicht wegzusehen.

Wir vereinbarten, uns sicher noch einmal wiederzusehen am *Coffee to Fly*. Der alte Mann war oft dort und genoss den Morgen. Und auch ich beschloss, es mir in der Zukunft öfter auf den Holzbänken gemütlich zu machen. Es war ein guter Ort zum Nachdenken. Ein Ort voller Ankommen und Abschiednehmen. Ein Ort, der mich für immer mit Eli verbinden würde.

„Matteo!", rief meine Mutter, als sie die Tür öffnete.

„Guten Morgen.", sagte ich und ließ mich von ihr in den Arm nehmen. Sie drückte mich fest an sich und ich dachte schon, sie würde mich nie wieder loslassen. Doch genau das musste sie jetzt. Nicht nur in physischer Hinsicht. Das war mir in den letzten Stunden klargeworden.

„Herzlichen Glückwunsch, mein Kleiner.", sagte sie leise und streichelte mir lächelnd über die Wange, „Na ja, klein bist du ja jetzt nicht mehr."

„Das stimmt!", meldete sich mein Vater, der hinter meiner Mutter in die Tür trat, „Alles Gute!"

Auch er umarmte mich. Dann ließen mich die beiden endlich hinein und ich schloss seufzend die Tür hinter mir.

„So früh habe ich ehrlich gesagt noch nicht mit dir gerechnet. Ich dachte, vielleicht schlaft ihr ein bisschen länger, Roman und du. Seid ihr aus dem Bett gefallen?", erkundigte sich meine Mutter.

Ich schüttelte den Kopf. Wenn sie wüsste.

„Frage nicht, Margarete, dein Sohn ist jetzt erwachsen. Er muss uns nicht mehr alles erzählen.", mischte mein Vater sich lachend ein und ich war ihm dankbar dafür. Er zwinkerte mir unauffällig zu. Ich zwinkerte zurück und fragte mich, ob er ahnte, dass ich die letzte Nacht nicht friedlich neben Roman verbracht hatte.

„Na gut, dann bereite ich mal das Frühstück vor. Willst du vorher oder nachher deine Geschenke auspacken?", wollte meine Mutter wissen und klapperte in der Küche bereits mit dem Geschirr.

„Ich denke, ich kann mit den Geschenken noch eine Weile warten.", antwortete ich. Plötzlich verspürte ich einen riesigen Hunger. Außerdem wollte ich die Zeit vor dem Frühstück nutzen, um einen Moment mit mir alleine zu sein. Die letzten Stunden waren nervenaufreibend. Anstrengend und wunderbar. Und ich hatte noch nicht die Zeit gefunden, um alleine nachzudenken und alles zu verarbeiten.

Ich wusste genau, wie ich das am besten konnte.

„Ruft mich, wenn ihr soweit seid.", richtete ich an meine Eltern. Dann warf ich meine Sneakers im Flur in eine Ecke und nahm immer zwei Stufen gleichzeitig auf dem Weg nach oben.

Ich wusste nicht, warum ich mich wunderte. Mein Zimmer sah aus wie immer. Die blauen Wände, die weißen Möbel. Alles aufgeräumt und an seinem Platz. Wie immer. So vertraut. Und doch hatte ich das Gefühl, mein Zimmer stellte den größtmöglichen Kontrast zu dem dar, was ich in der letzten Nacht erlebt hatte und was ich mir für die nächste Zeit wünschte.

Abwechslung. Aufregung. Spannung. Ich wollte etwas erleben. Ich war erwachsen und die Welt stand mir offen. Auch das war eine Sache, die ich gelernt hatte.

So falsch mir diese Normalität auch vorkam, so froh war ich, als ich meine geliebte Gitarre sah, die neben meinem Schreibtisch an der Wand lehnte. Ich schnappte sie mir und ließ mich im Schneidersitz auf mein weiches Bett fallen.

Nie konnte ich so gut abschalten und Ruhe finden wie beim Musizieren.

Als meine Finger über den Gitarrengriff wanderten, fühlte ich mich zurückversetzt. Ich hatte das Gefühl, den

Moment am Elbstrand noch einmal zu durchleben; spürte die vielen Blicke, die auf mir ruhten. Doch vor allem spürte ich Eli. Als säße sie genau neben mir und wünschte sich, dass ich für sie spielte.

Auf dem Weg vom Flughafen nach Hause hatte ich ein Lied immer und immer wieder gehört. *Anchor*. Anker. Es zog mich in seinen Bann und schien genau die Gefühle zu vermitteln, die mich beherrschten. Ich sog die Klänge und die Worte in mich auf. Es war ein melancholisches Lied. Fröhlich und traurig zugleich. Und hoffnungsvoll. Zumindest entdeckte *ich* diese Gefühle in dem Lied.

Als *Anchor* erneut durch meine Kopfhörer in meine Ohren und direkt in meine Seele überging, hatte ich das Gefühl, Eli wäre noch da. Bei mir. Und als ich auf meiner Gitarre die ersten Töne erklingen ließ und sich schließlich meine Stimme dazugesellte, rollte mir eine einsame Träne über die Wange. Und schon bald verwandelten sich meine Wangen in einen salzigen Ozean. Ein Ozean wie der, den Eli gerade überquerte.

Ich lernte noch etwas: in dem Ausdruck tiefster Trauer konnte sich totale Glückseligkeit verbergen.

Epilog

„Happy birthday to you!", riefen alle und klatschten in die Hände. Es war 0 Uhr. Ein weiterer Geburtstag. Ich wurde umarmt, um mich herum wurden Glückwünsche in die Nacht geschrien. Die Szene wurde begleitet von Elton John. *Don't Go Breaking My Heart.* In den letzten Monaten hatte ich den Sänger lieben gelernt.

Ich spürte einen Kuss auf meiner Wange.

„Nur das Beste für dein neues Lebensjahr. Ich liebe dich."

Ich lächelte. „Ich liebe dich auch."

Ich küsste Flora und wickelte eine ihrer langen, dunklen Haarsträhnen um meine Finger. Das altbekannte Kribbeln breitete sich in meinem Bauch aus und beherrschte schon bald meinen ganzen Körper.

„Rumgemacht wird später!", riss mich Romans Stimme aus der Zweisamkeit. Flora lachte und ich drehte mich zu meinem besten Freund um.

„Eifersüchtig?", neckte ich ihn.

„Klar. Nur ich darf das mit dir machen, mein Guter!", Roman lachte und nahm mich fest in den Arm.

„Okay okay.", machte Flora und hob abwehrend die Hände, „Das wird mir zu viel. Ich bin weg."

Ich lachte und warf ihr einen Luftkuss zu.

„Neunzehn.", sagte Roman und klopfte mir auf die Schulter, „So schnell kann es gehen."

Wir verzogen uns in die Küche, um den Trubel im Wohnzimmer für eine Weile hinter uns zu lassen. Meine

Eltern hatten mir netterweise das Haus überlassen, um meinen Geburtstag zu feiern und nahmen sich für eine Nacht eine Auszeit in einem romantischen Hotel am Hafen.

„Wenn du davon sprichst, wie schnell die Zeit vergeht, hörst du dich richtig alt an. Als würden wir heute meinen sechzigsten Geburtstag feiern.", stellte ich lachend fest.

„Je älter man wird, desto schneller vergehen die Jahre eben. Aber auch nur, weil das Leben immer spannender wird."

„Da hast du eindeutig recht.", stimmte ich ihm zu und dachte an das vergangene Lebensjahr. Erinnerungen blitzten in meinem Kopf auf. Sie bildeten Gruppen und wurden zu Filmen, die vor meinem inneren Auge abliefen.

„Hast du die Liste?", fragte Roman und riss mich aus meinen Gedanken. Ich zwinkerte ihm zu und griff in meine Hosentasche. Ich zog einen zusammengefalteten Zettel heraus. Das Papier war an einigen Stellen fleckig und eingerissen.

„Hier ist sie.", meinte ich und faltete den Zettel auseinander. Roman nahm ihn mir aus der Hand und ließ seine Augen interessiert über die Zeilen huschen.

„Alles abgehakt.", stellte er nickend fest.

„Eigentlich wusstest du das doch auch schon.", meinte ich schmunzelnd.

„Das stimmt.", antwortete Roman, „Bei den meisten Dingen war ich ja höchstpersönlich dabei."

„Bei den meisten. Nicht bei allen.", stimmte ich zu und erinnerte mich an einen Punkt. *Das erste Mal Sex.*

„Du bist zwar mein bester Freund, aber ein bisschen Privatsphäre lasse ich dir noch.", Roman lachte.

„Das ist aber großzügig von dir.", sagte ich, „Und was machen wir jetzt mit der Liste?"

„Hm.", Roman überlegte, „Also ich würde sagen, einer von uns bewahrt sie auf, bis wir sie irgendwann an unsere Kinder weitergeben können."

„Das wird wohl noch etwas dauern.", bemerkte ich.

„Das stimmt. Aber so ein wichtiges Erbstück muss doch aufbewahrt werden. Nimm du es. Ich denke, du verbindest ganz besondere Ereignisse aus dem letzten Jahr mit der Liste.", sagte Roman.

Ich nickte zustimmend, atmete tief durch, faltete das Papier wieder zusammen und verstaute es sicher in meiner Hosentasche.

„Hey, Teo!", rief Marlene, eine Freundin aus meinem Deutschkurs, als sie zu Roman und mir in die Küche stieß, „Dein Geschenk wartet auf dich! Kommt zurück ins Wohnzimmer!"

Ich nickte und sah Roman an.

„Du weißt, was ich bekomme, oder?"

Er nickte und lächelte mich wissend an. In den letzten Wochen hatte er ab und zu gewisse Andeutungen gemacht, die ich allerdings nicht deuten konnte. Er sprach von etwas ganz Besonderem, etwas Großem. Alle meine Freunde hatten gespart und zusammengelegt. Sogar meine Eltern steckten in der Sache mit drin. Seit Tagen fragte ich mich, worum es sich bei diesem besonderen Geschen wohl handelte. Ich hatte keine speziellen Wünsche geäußert. Weder bei meinen Freunden noch bei meinen Eltern. Nicht einmal Flora konnte ich den kleinsten Tipp entlocken.

Gespannt folgte ich Roman und Marlene ins Wohnzimmer. Dort stand Flora und um sie herum hatten sich die anderen im Halbkreis aufgestellt.

„Also jetzt bin ich ja wirklich gespannt.", meinte ich und blieb vor Flora stehen.

„Das kannst du auch.", sagte sie bestimmt. Ich sah ihr in die Augen und versuchte, etwas an ihrer Mimik abzulesen. Nach neun Monaten Beziehung kannte ich sie so gut, dass ein Zucken ihres Mundwinkels ausreichte, um ihre Gedanken oder Gefühle zu erkennen.

Manchmal erinnerte mich dieses Zucken an sie.

An Eli.

Doch nur manchmal. Und dann war da ein gutes und warmes Gefühl in mir. Und ich lächelte.

Flora streckte mir ihre Hand entgegen, in der sie eine Glasflasche hielt. Die Flasche war leer. Oder um genau zu sein enthielt sie keine Flüssigkeit. Stattdessen erkannte ich eine zusammengerollte Papierrolle, die aus dem Flaschenhals herausragte.

„Sieht aus wie eine Flaschenpost.", stellte ich fest. Ich hatte mit vielem gerechnet, aber nicht damit.

„Das hast du gut erkannt.", meinte Flora und die anderen kicherten um uns herum. Sie reichte mir die Flasche und ich nahm sie vorsichtig entgegen. Ich betrachtete sie von allen Seiten, doch mir fiel nichts Besonderes an ihr auf.

„Also nur zur Info.", meldete sich Roman neben mir, „Das Geschenk befindet sich in der Flasche."

Wieder lachten die anderen und auch ich stieg mit ein. Dann griff ich nach der Papierrolle und zog sie vorsichtig heraus. Ich hielt ein beschriebenes Blatt Papier und einen verschlossenen Briefumschlag in der Hand.

„Erst lesen.", hörte ich Floras leise Stimmte.

Ich folgte ihrer Anweisung.

Lieber Teo,

zu deinem neunzehnten Geburtstag haben wir uns etwas ganz Besonderes überlegt. Ich (Roman) kenne dich mittlerweile seit ziemlich genau fünfzehn Jahren und mir ist natürlich nicht entgangen, dass dich schon seit vielen Jahren der Wunsch begleitet, eine Reise durch die USA zu machen. Jetzt haben wir endlich das Abitur hinter uns und du hast alle Zeit der Welt, um dir deine Wünsche zu erfüllen. Deine Reise nach Frankreich in drei Monaten ist ja bereits gebucht und wir sind jetzt schon gespannt, was du uns berichten wirst. Wir dachten, wir versüßen dir die Zeit bis dahin etwas. Für eine Rundreise durch die USA haben unsere Ersparnisse leider nicht gereicht, aber…

Öffne den Briefumschlag.

Wir haben dich lieb,
Roman

Neben dem Namen meines besten Freundes hatten all die anderen unterschrieben. Mein Herz klopfte. Ich sah in die Runde. Flora lächelte und nickte mir auffordernd zu.

Meine Finger begannen zu schwitzen, als ich langsam den Briefumschlag öffnete.

Plötzlich hielt ich zwei Flugtickets in den Händen. Und die ausgedruckte Buchungsbestätigung für ein Hotel. Für zwei Personen. Für zehn Tage. In zwei Wochen ging es los.

Meine Augen wurden groß, als ich das Ziel unserer Reise entdeckte.

„New York!"

Flora lag in meinem Arm und ihr gleichmäßiger Atem machte die nächtliche Stille in meinem Zimmer zur schönsten Musik. Mit den Fingern malte ich kleine Kreise auf ihre nackte Haut.

Es war August. Für Klamotten viel zu warm.

Ich konnte nicht schlafen. Meine Gedanken kreisten. Wie meine Finger auf Floras Haut.

Ich dachte an Eli. Es war genau ein Jahr her, dass ich sie kennengelernt hatte. Und genau ein Jahr war es her, dass ich sie das letzte Mal sah. Gelegentlich dachte ich an sie. Die ersten Wochen nach unserer Begegnung war es manchmal noch sehr schwer für mich, das Ende der kaum begonnenen Geschichte zu akzeptieren. Doch irgendwann wich jedes negative Gefühl von mir und was blieb, war pure Dankbarkeit.

Und Vertrauen.

In mich. Und in alles andere.

Durch diese Begegnung vor einem Jahr hatte sich vieles verändert. Ich war noch nicht angekommen. Ich wusste nicht, ob ich jemals ankommen würde. Ob überhaupt irgendjemand jemals irgendwo ankommen würde. Ich war mir nicht einmal sicher, ob ich wusste, wo ich hinwollte. Doch ich befand mich auf einem guten Weg, ein Mensch zu werden, der mir gut gefiel. Und alles hatte vor einem Jahr begonnen. Mit Eli. Und allen Inspirationen und Worten, die diese Nacht für mich bereitgehalten hatte.

Diese Nacht war ein echter Wendepunkt für mich.

Einige Male musste ich mich zurückhalten, nach ihr zu suchen. Im Internet. Es gab immer einen Weg, einen Menschen zu finden, wenn man es wollte. Hätte ich mich oft genug in den Schanzenpark gesetzt, wäre ich ganz sicher Taavi oder Miriam begegnet. Oder einem der anderen. Und dann hätte ich nach Elis Adresse oder ihrer Nummer fragen können.

Doch das wollte ich nicht. Ich wollte es schon, aber ich wusste, dass es besser war, die Sache hinzunehmen, wie sie war. Sie ruhen zu lassen und von dem Erlebten zu profitieren.

Eli war ein Anker in mir. Und gleichzeitig hatte sie alle Anker, die ich bis zu dieser Nacht in meinem Leben gesetzt hatte, losgerissen. Ich war auf dem Weg zu neuen Ufern.

Während ich an die Nacht vor einem Jahr dachte, betrachtete ich das Tattoo, das seit dem letzten Herbst mein Handgelenk zierte. Es war ein kleiner Anker. Mit schwarzen, zarten Linien in die Haut gestochen. David war wirklich überrascht, als ich sein kleines Studio noch einmal betrat. Dieses Mal ohne Eli. Nur mit meinem eigenen Mut und meiner Entschlossenheit im Gepäck.

Viele der Erlebnisse des vergangenen Lebensjahres hatte ich ihr zu verdanken. Ich war mir nicht sicher, ob ich jemals erkannt hätte, was für ein einzigartiger Mensch Flora war und wie gut wir zusammenpassten, hätte ich sie in dieser Nacht nicht im Club getroffen. Und ich war mir nicht sicher, ob ich den Mut gehabt hätte, mich gegen meine Eltern durchzusetzen. Und für einen Monat alleine durch Frankreich zu reisen. Meine Meinung zu vertreten und an mich selbst zu glauben. Das war das Wichtigste.

Während ich kleine Kreise auf Floras Haut malte und mein Blick zwischen dem Tattoo auf meinem Handgelenk und den Sternen, die am Himmel standen, hin und her huschte, fragte ich mich, ob ich Eli treffen würde. Wenn ich mit Flora in weniger als zwei Wochen nach New York fliegen würde. Ich fragte mich, was es mit mir machte. Zu wissen, dass Eli ganz in der Nähe war. Vielleicht nur wenige Straßen von mir entfernt. Im Restaurant vielleicht am Nachbartisch.

Würde ich nach ihr suchen? Bei jedem Schritt, den ich ging, hoffen, plötzlich ihre grünen Augen in den Menschenmassen der riesigen Stadt zu entdecken?

Ich versprach mir, es nicht zu tun.

Eine weitere Sache, die ich im letzten Jahr gelernt hatte, war, dem Leben zu vertrauen. Nicht zu viel nachzudenken. Ganz konnte ich es nicht abstellen. Es gab einfach Menschen, die die Veranlagung zum Grübeln hatten. Ich gehörte eindeutig dazu. Und das war okay.

Doch manchmal konnte und musste man darauf vertrauen, dass das Leben schon wusste, was es tat.

Wenn ich Eli wiedersehen sollte, dann würde es so kommen. Und wenn nicht, dann war es auch in Ordnung.

Wer weiß schon genau, was das Leben mit uns vorhat?

Danksagung

Danke an alle Menschen, die ein Anker für mich sind, wie Elisa es beschrieben hat. Danke an die, die nach einer Weile ihre Segel hissten und weiterzogen. Und danke an die, die blieben.

Ihr alle habt die Geschichte zu der gemacht, die sie jetzt ist.